西尾和子著

太平廣記研究

汲古書院

序

小松　謙

今回西尾和子さんの初めての著書が刊行されるに當たって、これまでともに過ごしてきた長い年月のことを思うと、月竝みな言い方になりますが、感慨無量です。西尾さんは多くの障害を乘り越え、非常な苦勞をして、ついにここまでたどりつかれました。その苦勞を誰よりもよく知っている私は、本當に、よくぞ耐え拔いて、頑張ってくれたという思いで一杯です。

西尾さんと最初に出會ったのは十八年前、京都府立大學の大學院入試でのことでした。當時西尾さんは、社會人を經て、立命館大學の二部を卒業されたところで、提出された論文は芥川龍之介の「杜子春」を題材とするものでした。面接で聞くと、中國文學を勉强したいとのことで、大學で中國文學をやっていたわけでもないのに大丈夫だろうかと少し不安に思ったのですが、以前に留學經驗もあるということで、お引き受けすることになりました。

入學當初は、初めての經驗ばかりでとても苦勞されたようでした。何しろ、中國文學の授業に出たことがなかったのに、いきなり元雜劇などを讀まされたわけですから、それも當然です。しかし、西尾さんは少しもめげることなく、頑張って食いついてきました。そして、着實に實力を向上させていったのです。ずっと授業を擔當していた私には、その過程がとてもよくわかりました。わからないことも、それで投げ出すのではなく、「ではこうですか？」と次々に案を出してこられます。最初は見當外れのものが多かったのですが、次第に的を射た意見が出てくるようになりました。

とにかくあきらめないこと、それが西尾さんの最大の强みなのだと思います。そして、このことこそが、研究者にとって何より必要な資質であることは間違いありません。ただ、それを貫くのは、さぞかしつらいことだったろうと思います。常に明るく振る舞っておられましたが、心の中では齒を食いしばっておられたのでしょう。修士課程の二年間が終わる頃には、西尾さんは十分修士號を得るにふさわしいだけの實力を身につけておられました。修論は、「杜子春」研究の延長として唐代傳奇をやりたいということで、唐代傳奇「枕中記」を題材とするものでした。

修士課程を終えた後、更に研究を續けることを希望されたのですが、當時まだ京都府立大學には博士後期課程がありませんでした。ただ、近いうちにできる見込みでしたので、西尾さんは三年間も待たれて、ようやく開設された博士後期課程に進學されました。ここでもよく辛抱されたと思います。西尾さんが『太平廣記』の研究を始められたのもこの頃のことでした。その當時は、唐代傳奇を研究するためには、まず唐代傳奇を收錄している『太平廣記』の性格をはっきりさせなければという意圖だったのですが、結局そのまま今日に至るまで『太平廣記』の研究に打ち込まれることになりました。結果的には、それでよかったのではないかと思います。その後、中國政府奬學金留學生として中國上海の復旦大學に留學、歸國後は次々に論文を發表されました。その間も、經濟的・精神的につらいことが多かったと思います。しかし、そんなことは少しも表に出さず、年の離れた他の院生・學生たちとも親しくつきあって、いつも明るい態度で、人生の先輩として相談に乘って、深い信頼を得ておられました。忍耐しながら、それを少しも表面に出さないということは、言うのは簡單ですが、普通の人間にはなかなかできることではありません。

西尾さんの研究が一皮むけたのは、博士後期課程を滿期退學する直前の頃のことでした。よく院生研究室で研究內容について話し合っていたのですが、その時天啓のように新しい考えが西尾さんに、ご本人の言葉によれば「降りてきた」のです。そこから研究は一氣に進み始め、無事博士の學位を取得、更に蘆北賞奬勵賞、日本中國學會賞の受賞と續きました。一見すると、突然才能が開花したように見えますが、それも十年以上に及ぶ長い苦勞の結果培われた土壤あればこそのことなのです。

この本は、十八年に及ぶその努力の結實です。ここには、『太平廣記』とはいったい何だったのかという、私が長年抱いてきた疑問に對する見事な答が示されています。私は、研究においては指導する立場にありますが、「あきらめない」というその姿勢については、西尾さんから多くのことを學んできました。これからも、西尾さんはあきらめることなく研究を深化させ、眞理に迫っていってくれることと信じています。期待と感謝の念を込めて、序とさせていただきます。

平成二十八年十二月

太平廣記研究　目次

太平廣記研究

序　章

中國文學の流れの中で、「小說」とは元來どのような意味であったのだろうか。『漢書』藝文志を見てみれば、「小說家者流蓋出於稗官、街談巷語道聽塗說者之所造也（小說家流はおそらく稗官から出たものだと思われる。街や巷で聽いたことを道ばたで傳え話すような者が造ったものである）」という。藝文志は、さらに續けて「諸子十家其可觀者九家而已（諸子十家のうち、觀るべきものは九家だけだ）」としており、小說とは、この段階では「novel」の譯語として當てられた今日的な小說と同質のものではなく、文字通り取るに足らない、瑣末な話であって、觀るべきものからは除外されるものであった。この『漢書』藝文志の小說觀が、中國文學史における最古の小說の定義である。この定義は、『漢書』藝文志以降、小說に對する概念に大きく影響を及ぼすことになる。だが、魏晉南北朝時代に入ると、鬼神や怪異・異聞といった内容を記した志怪小說が多く書かれるようになる。この志怪小說は、やがて物語性を含む唐代の傳奇と呼ばれる形態へと發展して行く。傳奇小說は、大いに流行し、著名な文人らも物語を創作するようになるのだが、それでもなお、小說は「正史の餘」程度の價値でしかなかった。しかし、宋代になると、小說を收錄の對象とした書物が國家プロジェクトの一つとして政府主導で編纂されるのである。それが、『太平廣記』（以下、『廣記』と略す）である。

『廣記』は、北宋の太平興國二年（九七七）三月に敕命により、李昉らによって編纂された、全五百卷の小說・說話の集大成ともいうべき書物である。しかし、原典の多くはすでに散佚しており、現在は傳わらないことから、

『廣記』は北宋以前の小說研究をするうえで重要な資料とされている。また、口頭語で書かれた（あるいは語られた）文學作品である白話小說が宋代以降に登場するのだが、この白話小說の中には、『廣記』に話の材料を求めたものも見られ、宋以降の通俗小說や戯曲の研究においても缺かせない資料とされている。

このように、中國の小說を研究するうえで、『廣記』は大きな存在なのである。しかし、その內容に關わる研究は多くなされてきたものの、『廣記』自體をとりあげて考察した先行研究は少ない。『廣記』自體を對象とした研究のなかで、最も重要な論考は、張國風氏の『太平廣記版本考述』（中華書局、二〇〇四）である。張國風氏は、現存する『廣記』諸本の校勘を行い、その異同を指摘されている。張國風氏の研究は、『廣記』の原貌により近づく貴重な業績だといえる。この研究の集大成ともいえる『太平廣記會校』（北京燕山出版社）が、二〇一一年に上梓された。これにより『廣記』自體の研究もさらに進展するものと思われる。しかし、まだ大きな問題が殘されている。まず、書物自體の性格が必ずしも明らかになっていないことである。つぎに、そもそも『廣記』はどういう目的で編纂されたのか。さらに、『廣記』は成立の後に「學者が急ぎ必要とするものではない」という異論が出されたとされているが、その異論が提出された背景は何だったのか、提出時期はいつ頃か。最後に、異論が提出されたことにより、『廣記』の板木が太淸樓にしまわれたとされているが、『廣記』成立後の出版の經緯はどうであったのか。これらの問題は、未だ解決していない最大の謎なのである。

本書では、これらの問題の究明に挑む。中國文學において、「正史の餘」に過ぎない小說を收錄の對象とした書物がなぜ宋初に編纂されたのか、その受容との關わりについて檢證し、從來論じてこられなかった問題の實像に迫り、『廣記』成立後いかに受容されていったのか、その流傳の過程を追いたい。

本書は、五章から構成される。第一章では、『廣記』がどのような性格の書物であったのか、その構成について概觀する。第二章では、『廣記』成立後に提出されたという異論について、その異論が提出された背景・時期について考察する。そして、その過程で明らかになった『廣記』編纂の目的について提示する。第三章では、南宋期に入ると『廣記』に言及した書物が増大することから、なぜ『廣記』が急速に受容されるに至ったか、その要因を當時の士大夫社會の風潮から考察する。第四章では、第三章に續けて『廣記』受容の擴大要因を考察するが、『廣記』に言及した書物がどの地域で印刷・出版されていたかという側面から、より直接的な要因を明らかにしていく。第五章では、域外（中國以外の漢字文化圈）の資料を用いて、四章までに得られた檢證結果の妥當性を問う。妥當性を檢討するにあたり、ここでは、朝鮮王朝期に刊行された『太平廣記詳節』をとりあげる。この書物がどういった性格のものなのか、その構成や『廣記』佚文について考察したのち、その考察結果は、四章までに提示してきた結論に符合するのかという視點から檢討を加えていく。

これらの檢證を通して、『廣記』がどのような過程で受容されていくのか、中國文學史の中に『廣記』を位置づけることにより、小說研究の一助としたい。

注

（1）『廣記』を對象とした主な研究は、以下の通りである。

〈中國・臺灣〉

① 郭伯恭『宋四大書考』（臺灣商務印書館、一九七一）。

② 錢鍾書『管錐編』第二册「太平廣記二一五則」（中華書局、一九八六）六三九～八五一頁。

③ 程毅中「『太平廣記』的幾種版本」（『社會科學戰線』第三期、一九八八）二三七～二四〇頁。

④ 趙維國「論『太平廣記』纂修的文化因素」（『河南大學學報』第四十一卷、第三期、二〇〇一年五月）六〇～六五頁。

⑤李樂民「李昉的類書編纂思想及成就」（『河南大學學報』第四十二卷、第五期、二〇〇二年九月）一一五〜一一七頁。
⑥張國風『太平廣記版本考述』（中華書局、二〇〇四）。
⑦姜光斗「『太平廣記』在北宋流傳的兩則記載」（『文獻季刊』第三期、二〇〇三年七月）二四四頁。
⑧凌郁之「『太平廣記』的編刻・傳播及小說觀念」（『蘇州科技學院學報（社會科學版）』第二十二卷、第三期、二〇〇五年八月）七三〜七七頁。
⑨秦川『中國古代文言小說總集研究』（上海古籍出版社、二〇〇六）・『太平廣記與夷堅志比較研究』（光明日報出版社、二〇一六）。
⑩盧錦堂『『太平廣記』引書考』（木蘭文化出版社、二〇〇六）。
⑪牛景麗『太平廣記的傳播與影響』（南開大學出版社、二〇〇八）。
⑫成明明「兩宋『太平廣記』流傳與接受補證」（『文學遺產』第二期、二〇〇九年三月）一四四〜一四七頁。

〈日本〉

①山田利明「太平廣記神仙類卷第配列の一考察」（『東方宗敎』四十三、一九七四年四月）三〇〜五〇頁。
②竺沙雅章「『太平廣記』と宋代佛敎史籍」（『汲古』第三十號、一九九六年十一月）四三〜四七頁。
③富永一登「『太平廣記』の諸本について」（『廣島大學文學部紀要』五十九、一九九九年十二月）四一〜六一頁。
④周以量「日本における『太平廣記』の流布と受容――近世以前の資料を中心に――」（『和漢比較文學』二十六、二〇〇一年二月）三三〜四五頁。
⑤佐野誠子「臺灣大學藏孫潛校本『太平廣記』について」（『東京大學中國語中國文學研究室紀要』四、二〇〇一年四月）二四四〜二五三頁。
⑥溝部良惠「成任編刊『太平廣記詳節』について」（『東京大學中國語中國文學研究室紀要』五、二〇〇二年四月）四五〜六五頁。
⑦鹽卓悟「宋太宗の文化事業――『太平廣記』を中心に――」（『比較文化史研究』五、二〇〇三年八月）四七〜六二

頁。「關西大學圖書館內藤文庫藏『太平廣記』について」（『汲古』第五十四號、二〇〇八年十二月）二六～三二頁。「國立公文書館藏『太平廣記』諸版本の所藏系統」（『汲古』第五十九號、二〇一一年六月）六四～六九頁。「中央研究院附屬圖書館所藏『太平廣記』の諸版本――傅斯年圖書館を中心に――」（『中國學研究論集』二十九、二〇一二年十二月）一～一六頁。

⑧ 屋敷信晴「『太平廣記』明野竹齋鈔本について――卷三「漢武帝」を中心に――」（『中國中世文學研究』四十九、二〇〇六年三月）三四～四七頁。

⑨ 三田明弘「『太平廣記』の全體構造における笑話の意味」（『日本女子大學紀要、人間社會學部』二十三、二〇一二年）一一九～一二八頁。「『太平廣記』「相」部の編纂構造と日本の觀相說話」（『說話』十二、說話研究會、二〇一四年十月）一九～二八頁。「『太平廣記』鬼部說話の構成、鬼一～鬼十」（『日本女子大學大學院人間社會研究科紀要』二十一、二〇一五年三月）一五一～一六四頁。「『太平廣記』鬼部說話の構成、鬼十一～鬼十五」（『日本女子大學紀要人間社會學部』二十六、二〇一五年三月）一三三～一四二頁。「『太平廣記』狐部說話の構成」（『東洋研究』一九九、大東文化大學東洋研究所、二〇一六年一月）八五～一一四頁。

第一章　『太平廣記』の體例

本章では、まず『廣記』がどのような性格の書物で、どういった構成になっているのか、その體例を紹介し、本研究の導入としたい。ここでは、『廣記』と同時期に編纂された『太平御覽』と比較して、その構成を考えてみたい。

一、『太平廣記』の性格

『廣記』には、漢魏六朝から五代宋初までの稗史・小說家類などの文獻資料約七千條の記事が採取されており、選錄された記事は、主題別に九十二の項目に分類されている。このように、ジャンル別に分類されているものは、いわゆる「類書」とよばれる書物に屬する。圖書分類のジャンルを表す「類書類」という語は、宋代に至って初めて登場する。類書に該當する書物は、『隋書』經籍志では雜の部に、『舊唐書』經籍志では類事の部にそれぞれ入れられていたが、北宋の歐陽脩・王堯臣等が編集した『崇文總目』や『新唐書』藝文志に至って、「類書類」の部が立てられたのである。

では、『廣記』は類書と見なされてきたのだろうか。『宋史』藝文志では、小說類に分類されている。また、『郡齋讀書志』・『遂初堂書目』・『直齋書錄解題』といった宋代の藏書目錄でも小說類として著錄されている。ただ『崇文總目』だけが『廣記』を類書類に分類している。胡道靜氏は、『中國古代的類書』の中で、『廣記』について以下のように述べている。(1)

『太平廣記』和『文苑英華』雖然也是分類編輯的、但前者內容專收小說、向來著錄在小說類中。後者是依『文選』體例輯錄的詞章專書、向來著錄在總集類中。皆不似類書看待。

『太平廣記』と『文苑英華』は、分類して編集されたものだが、しかし前者の內容はもっぱら小說を收めたもので、ずっと小說類に著錄されてきた。後者は『文選』の體例に基づいて、詩文を輯錄したもので、ずっと總集類に著錄されてきた。いずれも類書としては扱っていないように見える。

胡道靜氏が述べられているように、『廣記』は小說類に屬する書物とみなされてきた。では、どのような書物が類書として見なされるのであろうか。杉山一也氏は、類書の必要條件に三原則を擧げている。(2)

①引用性…文獻を引用している。

②分類性…文獻を引用する際に、一定の基準を設けて分類し、その順に配列している。

③總合性…百科事典的な狹義の類書であれ、專門事典的な廣義の類書であれ、それぞれの主題について概觀しうる總合性を備えている。

杉山一也氏の定義に則って『廣記』を見てみると、

①引用性…『廣記』は、漢魏六朝から五代宋初までの稗史・小説家類などの文獻資料に據って、約七千條の記事が引用されている。

②分類性…引用された記事は、ジャンル別に分類され、話に出てきた中心人物の名前を題名にし收錄されている。これに伴い、收錄に際しては、人物名を條文の冒頭に出すという體裁になっている。收錄された記事の配列は、話の中に見られる時代背景の順になっている。(3)

③總合性…『廣記』は、漢魏六朝から五代宋初までの稗史や小說類の記事を整理分類し、集大成したものであることから、その總合性は備えていると言えるだろう。

これら①から③の條件に加えて、『廣記』では、收錄されている記事に「某書に出づ」の形で出典が明記されている。こうした體裁から考えて、『廣記』は類書的な性格をもつ書物だと言えるのではないだろうか。本書では、ひとまず、『廣記』を「類書」と定義し、「類書」として『廣記』がどのように利用されていたかについては、第二章で論じることにする。

二、『太平廣記』における記事の收錄規準

張國風氏の研究によれば、『廣記』における收錄規準は、物語性と趣味性だとし、小説は物語であるとするのが『廣記』編纂者の「小説」に對する概念の基本的把握だと指摘しておられる。(4)この指摘は確かにもっともなのだが、更に一歩進めて、ジャンル意識の觀點から『太平御覽』と比較しながらその收錄規準を考察したい。

『太平御覽』（以下、『御覽』と略す）は、北宋の太平興國二年（九七七）三月に敕命により、李昉らによって編纂された類書である。『廣記』は、『御覽』と同時期に、ほぼ同じメンバーによって編集されていることから、おそらく『廣記』も『御覽』と同樣に、北宋の三館と祕閣、いわゆる館閣が所有する文獻資料を基にしたものと考えられる。しかし、『廣記』と『御覽』とでは、その性格が異なるため、當然、採取されている記事も異なる。その違いは、概ね『御覽』は經書・正史類を主に、『廣記』は小説家類を主に收めていると言われている。(5)だが實際には、『御覽』と『廣記』の兩方で用いられている典據資料も見られる。それでは、これらの資料に何か用いられ方の違いが存在するのだろうか。

これを檢證してみたところ、『御覽』で使用されている典據資料は、おおむね隋末までのものであり、唐以降の資料は、『廣記』で使用される傾向が高くなる。しかも、唐以降を境に『廣記』・『御覽』の兩方で用いられる典據資料は見られなくなるという結果が得られた。(6)

このように、『御覽』と比較してみても、『廣記』に採錄されているのは、唐以降の新しい記事が多く、『御覽』とはほとんど重複しない。これは一體なぜだろうか。おそらく、編纂當時、唐以降の書物は古典とは見なされず、

そこから採取したような記事は『廣記』に入れられ、傳統的な概念においては、正統だと見なされる書物から採取した記事は、『御覽』に收められたのではないかと思われる。このことを、實際の檢證結果と照らしあわせてみると、次のような收録基準が想定される。

『御覽』は、北齊武平三年（五七二）撰修の『修文殿御覽』を原典に、增補目的で『文思博要』・『藝文類聚』を副次的に利用している。『修文殿御覽』は、『御覽』にほぼ收録されている。(7)『文思博要』は、高士廉、房玄齡らの手によって貞觀十五年（六四一）に成立し、(8)『藝文類聚』は武德七年（六二四）に成る。現存する『藝文類聚』における文獻採録の下限がほぼ隋代であることから、實際には、『御覽』は、前代の類書を原典とし、その下限に合わせて採録が行われた可能性が否めない。『御覽』が唐以前の資料を主に採録している實態は、先行する『藝文類聚』における文獻採録の下限がほぼ隋代である狀況に一致することが、その可能性を示唆している。

假にそうであるならば、實際の收録は、前代の類書と重複する範圍については、『御覽』では前代の類書の下限に合わせて採録が行われ、前代の類書には收録されなかった唐以降の新しい文獻資料については、『廣記』と『御覽』で內容によって振り分けをするという收録規準が設けられていたと考えられるのである。『廣記』と『御覽』において、隋末唐初を境に資料の棲み分けが存在している狀況は、六朝志怪から唐代傳奇へ、つまり、事實として記録された說話から虛構の物語へと變遷するその分岐點とも合致する。

また、『廣記』と『御覽』で同じ典據資料を使っている場合であっても、採録されている記事の內容に違いが認められた。『御覽』に採録されている記事は、正史五行志に記載されている內容に類似するもので、『廣記』に採録されている記事は、個人をめぐる內容のものであった。五行志記載の記事の內容は、おもに災異の被害を被るのが國家であったのに對し、いわゆる「志怪書」とされる書物の場合は、ある一人の人物であり、五行志と志怪書では、記述内容と記述態度に違いが見られるという指摘がある。(9) 五行志は、『漢書』以降ほぼすべての正史に見られるものの、いわゆる「志怪書」とされる書物の多くは、『隋書』經籍志では「本源は史官の末事」として史部・雜傳類に入れられていたものが、『新唐書』藝文志になると小説類と見なして子錄・小説家類に移行されるという經緯をもつ。だとすれば、五行志と志怪書に見られる違いが『廣記』と『御覽』の引用記事においても認められることから敷衍すれば、『廣記』に採錄されている記事は、『漢書』以來の傳統的な小説の概念とは異なる、『新唐書』に先驅けた新しいジャンル意識に基づいたものだと言えるだろう。

このように、個人をめぐる内容の話を『廣記』が專ら採っていることは、延いては、話に出てきた人物の名前を題としてつけて條文を收めるという體裁を可能にしたと考えられる。これに伴い、採錄に際しては、人物名を各條文の冒頭に出すという體例に繋がり、さらには、原典において一人稱で述べられているものは一律三人稱に書き換える、當時の尊稱・略稱はその直接の姓名に書き換えられる、といった體例が成立したと捉えることができる。(10)

三、『太平廣記』の各條文につけられた題

唐代に入り、今日的な意味での小説に近い形態の作品が登場しはじめる。プロットを備え、物語性を含むフィクションであり、書き手は讀者を想定して作品を作り上げる。いわゆる唐代傳奇小説といわれる作品群である。『廣記』の中には、この唐代傳奇小説が多く收錄されており、例えば、主人公が夢に人生の榮枯盛衰を經驗すると

いう物語、「呂翁」もその一つである。「呂翁」というよりも、「黄粱一炊の夢」や「邯鄲の夢」の故事で有名な「枕中記」という題のほうがよく知られているだろう。この「枕中記」の話は、『廣記』のほか、『文苑英華』にも収録されている。『文苑英華』は、『太平廣記』・『太平御覽』・『册府元龜』とあわせて宋四大書と稱せられ、李昉をはじめとする『廣記』とほぼ同じ編纂メンバーが、宋太宗の敕命を奉じて太平興國七年（九八二）から雍熙四年（九八七）にかけて編纂したアンソロジーである。「枕中記」と題して收めているのは『文苑英華』であり、『廣記』での題名は「呂翁」になる。

では、どちらが原題であろうか。實は『文苑英華』のほかに、曾慥編『類說』（南宋紹興六年〔一一三六〕成立）にも話を節略した形で收錄されている。『類說』に據ると、當時單行されていた『異聞集』に「枕中記」と題されて收められていたことがわかる。因って、『廣記』で「呂翁」と題されている話の原題は「枕中記」なのである。ならば、なぜ同じ話が『廣記』と『文苑英華』で題名が異なるのだろうか。『廣記』における題名のつけ方を以下に見てみたい。

『廣記』では、採取した記事を話の中に見られる時代順に配列し、題名をつけて收錄している。つけられている題名のほとんどが人物名で、例えば巻一・神仙一を見てみると、「老子」・「木公」・「廣成子」・「黄安」・「孟岐」と題されて、五篇が收錄されている。その冒頭部分を擧げてみると（傍線筆者）、

「老子」
老子者。名重耳。字伯陽。楚國苦縣曲仁里人也。……。

「木公」

木公。亦云東王父。亦云東王公。蓋青陽之元氣。……。

「廣成子」

廣成子者。古之仙人也。……。

「黄安」

黄安。代郡人也。……

「孟岐」

孟岐。清河之逸人。年可七百歳。……。

いずれも人名から始まっており、題名は、その人物名と一致している。冒頭の人物名と題名が同じである傾向は、全篇を通して見られる。各條文につけられた題を分類してみると、以下のようになる。

〔基本形〕

① 題…「●●」

●●者、名□□字□□、□□國□□縣□□人也。……。

②　題…「●●」または、「●□□」

●●者、□□（官職名など）也。……。

③　題…「●●」

□□中（末・初など。年代）、有●●。……。

④　題…「●●」

□□時（時代背景・説明。場の設定）、有●●。……。

※時代背景・説明および場の設定に出てくる人物は除外されている。

⑤　題…「●●子」

●●有子。……。

※子以外に、妻・女・妾・妓・奴・婢など某氏あるいは某家に属する者も含む。

これら五つを基本の形として題はつけられているようである。これらの變形もみられるが、作中人物であって、かつ話の一番始めに出てきた人物の名前をとって、題名としている。しかし、どの話もこのような形で始まるとは限らない。姓名を記さない話もあるからである。その場合は、以下のような形がとられている。

〔姓のみ記されている場合〕

①　題…「●甲」
有人姓●。……。
(例)有人姓劉、在南方。……。(巻八六「劉甲」)

②　題…「●氏」
有人姓●。……。
(例)梁武帝末年、有人姓劉、而不知名。……。(巻三二六「劉氏」)

③　題…「地名＋人(民)」
□□村(郡・州・里など地名)人、姓●。
(例)唐兗州鄒縣人姓張、忘字。(巻二九七「兗州人」)

④　題…「地名＋●」
□□村(郡・州・里など地名)人、姓●。
(例)滎陽郡有一家。姓廖、累世爲蠱。(巻三五九「滎陽廖氏」)

地名が明記されている場合、たとえ姓（名）が記されていても地名を優先させている。考えられる理由として、姓の多くが王・劉・張姓などであることから、①や②のような「●甲」や「●氏」といった題のつけ方では、同じ題ばかりになってしまうおそれがあるので、その繁雜を避ける意味から、地名を優先させたと推測する。但し、どの場合でも、話の一番始めに出てきた人物名からつけるということに變わりはない。

人物名が不明瞭であったり、わからない場合は、～をする者（人）あるいは、地名や男子・書生などの語を用いて題名にあてている。いくつか例を擧げると、

〔姓名が記されていない場合〕

①　題…「逆旅客」（巻八五）

(例)大梁逆旅中有客、不知所從來。……。

②　題…「渭濱釣者」（巻一〇一）

(例)淸渭之濱民家之子有好垂釣者不農不商。……。

③　題…「賣藥翁」（巻三七）

(例)賣藥翁、莫知姓名。……。

④　題…「地名＋人（民）」

□□村（郡・州・里など地名）有人（民）。……。

㈲臨川東興有人。入山得猴子。……。（巻一三一「東興人」）

⑤　題…「地名＋男子や書生などの語」

□□村（郡・州・里など地名）有仙人（男子・書生など）。

㈲壽安男子、不知姓名。（巻三六七…壽安男子）

以上のように、『廣記』における題名のつけかたは、話の一番始めに出てきた人物の名前をとって題名とすることを原則にしている。山河・草木などが話の内容である場合は、山河・草木の名稱が題名にあてられている。『廣記』では、人物名による題名が全體の約八割を占めており、收錄に際しては、もともと題名がついていた作品であっても原題を無視し、原則に従って改題している。先に擧げた「枕中記」の冒頭をみてみると、「開元十九年、道者呂翁、經邯鄲道上邸舍中、設榻施席、擔囊而坐。俄有邑中少年盧生、……。」とあり、始めに登場する人物は、確かに呂翁になっており、『廣記』での題のつけ方に従って「呂翁」と改題されたことが分かる。

こうした例は、他にも散見され、「南柯太守傳」は、「淳于棼」（巻四七五）に改題されている。陳玄祐の「離魂記」も「王宙」（巻三五八）と改題されており、篇末注に「出離魂記」と記されていることから、原題が「離魂記」で、「王宙」という題は、『廣記』に採錄された際に、原則に従ってつけられたことが分かる。王度の「古鏡記」は、陳翰の『異聞集』から採錄し、「王度」（巻二三〇）に改題されている。『類說』では、この話は「古鏡記」として收めているので、原題が「古鏡記」であったことが分かる。また、この話は『御覧』にも採られている。「隋王度古鏡記曰」に始まり、文中の王度については、「余」の表記になり一人稱になっていることから、『廣記』引用文での「王度」の表記は、おそらく體例にあわせて手を加えたものと考えられる。いずれの場合も、原則に従って題がつけられた結果だと言えるだろう。

小結

ここまで、『廣記』の性格や構成について概観してきた。『廣記』は、採取した記事を九十二の項目に分類し、記事の出典も明記していることから、類書としての性格を見いだせる。採錄されているほとんどの條文は、原題の有無にかかわらず、話の最初に登場する人物名を題名として機械的につけており、記事の順序も、一定の基準を持ち、物語の時代背景順に配列されている。このような體裁が採られているのは、おそらく怪異的あるいは珍奇な事物や事象に關する記事をジャンルから檢索するのに簡便なだけでなく、それに關わる人物のエピソードも檢索可能にするため、すなわち、類書としての機能を果たすためだろうと考えられる。しかし『廣記』は、『藝文類聚』や『初學記』をはじめとする、いわゆる類書とされる書物とはまったく性格を異にする。そもそも、小説類の記事を集めたようなものが類書として機能しうるのか。一體どのような目的でこのような書物が編纂されたのだろうか。これらの問題については、『廣記』成立後の出版經緯を檢證していく過程で明らかにしたい。

注

（1）胡道靜『中國古代的類書』第六章、「北宋的重要類書」（中華書局、一九八二）一一六頁。

（2）加地伸行『類書の總合的研究』（平成六・七年度科學研究費補助金研究成果報告〔課題番號〇六三〇一〇〇二〕、一九九六）參照。

（3）山田利明「太平廣記神仙類巻第配列の一考察」（『東方宗教』四十三、一九七四）三〇～五〇頁。

（4）「……『太平廣記』實際的收錄標準就是故事性和趣味性、……小説者、故事也。這就是『太平廣記』的編纂者們對「小説」這一概念的基本把握。這一點就是在今人看來也無可非議。所謂小説總集、其實就是故事總集。」（張國風『太平廣記版本考述』第四章「『太平廣記』的內容、分類和體例」中華書局、二〇〇四）。

（5）『玉海』に引く實錄に「以前代修文御覽、藝文類聚、文思博要及諸書分門編爲一千卷。又以野史、傳記、小說、雜編爲五百卷。」と見える。また、張國風氏は、「『太平廣記』的編纂情況、當與『太平御覽』相似。他們利用的資料是同一來源─宋初皇家的藏書・宮廷的藏書。區別在於『太平御覽』傾重於經史、『太平廣記』傾重於小説故事」と指摘されておられる（『太平廣記版本考述』第五章第二節「『太平廣記』引書的複雜狀況」中華書局、二〇〇四）。

（6）西尾和子「典據資料に見る『太平廣記』の性格──『太平御覽』との比較から──」（『和漢語文研究』第六號、二〇〇八年十一月）五七～七三頁。

（7）森鹿三「修文殿御覽について」（『東方學報』第三十六、一九六四年十月）二三五～二五九頁。勝村哲也「修文殿御覽天部の復元」（『中國の科學と科學者』一九七八年三月）六四三～六八九頁。「藝文類聚の條文構成と六朝目錄との關連性について」（『東方學報』第六十二、一九九〇年三月）九九～一二三頁。

（8）『新唐書』卷五十九、藝文志第四十九に錄される『文思博要』の注に、「右僕射高士廉、左僕射房玄齡……等奉詔譔。貞觀十五年上」（右僕射高士廉、左僕射房玄齡……等、詔を奉じて譔す。貞觀十五年に上す）とあるに據る。

（9）佐野誠子「五行志と志怪書──「異」をめぐる視點の相違──」（『東方學』第一〇四輯、二〇〇二年七月）。二一～三五頁。

（10）　陳尚君氏は、『廣記』の體例に關して、次のように指摘されている。「一、在所錄各條前、加上朝代名。二、凡原書爲第一人稱述的、一律改爲第三者敍述的口吻。三、原書中對當時人的尊稱、簡稱之類、多改爲直稱姓名。四、原書中一些按當時語言表達、而宋初已難以理解的文字、也作了改動。五、個別篇章入錄時曾有所拚合刪節。（①採錄に際して、王朝名を各條文の冒頭に付け足す。②すべて原典において一人稱で述べられているものは、一律三人稱に書き換えられている。③原典において、當時の尊稱・略稱は概ねその直接の姓名に改められている。④原典における當時の言語表現が、宋人に理解し難くなっていたものは、書き換えられている。⑤採錄の際に、一つの文章中で、別の文章の插入や合成、あるいは削除が行われている）」（『中國歷代小說辭典』二卷「太平廣記」條、（雲南人民出版社、一九九三）三五〇～三五三頁。

第二章　『太平廣記』成立後の出版經緯

第一章で『廣記』の體例について概觀し、書物の性格や構成を確認してきたが、『廣記』を研究するうえで、最も謎であったのがその出版經緯である。特に、『廣記』成立後に「學者の急ぎ必要とするものではない」という異論が提出されたとされ、そのため『廣記』の流通もあまり廣まらなかったとされてきたのだが、實際はどうであったのだろうか。本章では、この謎の解明に挑みたい。

一、異論の提出――『玉海』太平廣記條に見る王應麟の自注から――

『廣記』は、太平興國二年（九七七）三月、太宗の命を受けて李昉らが編纂し、翌三年八月十三日に上表文を提出、二十五日に史館に送られて、六年（九八一）正月敕命によって版刻されている。[1]『廣記』出版の經緯について、王應麟（一二二三～一二九六）は、その著『玉海』（現存する最古の刊本は、元・至元六年（一三四〇）刊）[2]において、『宋會要』を引いて、次のように記している。

『玉海』巻五十四、太平廣記條所引『宋會要』（※小字括弧は王應麟の自注）

興國二年三月、詔昉等、取野史小說、集爲五百卷（五十五部。天部至百卉）。三年八月書成。號曰太平廣記（二年三月戊寅所集、八年十二月庚子成書）。六年詔令鏤版（廣記鏤本頒天下。言者以爲非學者所急。收墨板藏太清樓）。

興國二年三月、（李）昉等に詔し、野史小說から記事を採取し、それらを集めて五百卷にした（五十五部。天部から百卉まで）。三年八月にできあがり、「太平廣記」と名附けられた（二年三月戊寅に記事を集め、八年十二月庚子に完成）。六年に詔が出され雕印された（廣記の鏤本は天下に頒布されたのだが、意見する者の考えでは、學者が急ぎ必要とするものではないということであった。〔それで〕板木を回收し太清樓に收藏した）。

『宋會要』はすでに佚しているが、その內容の一部分は、『永樂大典』に依據した『宋會要輯稿』に見ることができる。だが殘念なことに、ここで引かれている記事は見えない。また、ここで『宋會要』を引いて王應麟が加えたコメント（以下、自注と稱する）には、實際は神仙から雜錄までの九十二部であるのに、「五十五部、天部から百卉まで」とし、成立時期も「八年十二月庚子書成る」と記していることから、同時期に編纂された『太平御覽』と混同している部分が見受けられる。(3) しかも、これらの自注が何に據ったかについては、王應麟自身は觸れておらず、詳細は不明である。また、「廣記鏤本頒天下」の一文については、「天下に頒布された」と「天下に頒布しようとした時」の二通りに解釋でき、この文脈だけでは判斷し難い。今ここでは、「天下に頒布された」と解釋しておき、これについては後述することにする。

『廣記』出版の經緯については、版木は彫られたものの、後に「學者の急とする所に非ず」との異論が出されたことにより、太清樓に保管された、と記されている。しかし、北宋期に『廣記』刊本が存在していたことは、『崇文總目』（慶暦元年〔一〇四一〕成立）の類書類に著録されていることからも明らかなのである。のみならず、『廣記』に取材した書物が、北宋期に見られるという研究結果が報告されている。

中でも特に重要な研究として、張國風氏の論考が擧げられよう。(4) 張氏の檢證に據ると、宋祁（九九八～一〇六一）が幼いときに『廣記』を讀んだと、その著『雞跖集』で述べていることから、長い間太清樓にしまわれていたのではないとされている。また、王闢之（一〇三二～?）や、蘇軾（一〇三六～一一〇一）、葉夢得（一〇七七～一一四八）らの文に、『廣記』からの引用記事が見られるだけでなく、蔡蕃（一〇六四～一一二一）が、『廣記』を節録して『鹿革事類』三十卷と『鹿革文類』三十卷を編集していることから、少なくとも、仁宗期以降すでに士大夫の間で廣まっていたと論證されている。張氏が指摘する記事のほかにも、『廣記』に取材した話が北宋期に見られるという調査結果が近年提出されている。(5)

張氏をはじめ、これまでの研究に共通する見解は、眞宗中後期（一〇〇八～）から仁宗期以降（一〇二二～）、すでに『廣記』は廣まっていたとするのが一般的である。必然的に、王應麟が自注で觸れている「言者の異論」が出された時期は、太平興國六年に『廣記』が版刻されたすぐあとで、版木が太清樓に保管されていた時期は、太平興國六年ごろから眞宗中後期、遲くても仁宗期までということになる。しかし、果たしてそうなのだろか。これまで、こうした見解が受け入れられてきたが、王應麟は、自注で觸れている「言者の異論」について、その提出された時期などを詳らかにはしていないのである。

では、王應麟が『玉海』で『宋會要』を引いて述べている「學者の急とする所に非ず」という「言者の異論」とは、どのような背景があって出されたのか、それはいつ頃のことなのか、太清樓に保管されたとされる時期は、いつ頃であったのだろうか。これらについては、十分に檢證しなければならない大きな問題なのである。

そこで本章では、王應麟の『玉海』に引く『宋會要』に附された自注の檢證を試みる。その方法として、兩宋を通して『廣記』を目にしたことがある文人の記録を検討しながら、『廣記』の受容形態を整理する。さらに、その過程で得られた『廣記』の編纂目的についても併せて報告する。

二、『廣記』成立後の受容狀況

北宋期（九六〇～一一二六）で最も早くに『廣記』を利用した書物は、竺沙雅章氏の考證によると『宋高僧傳』であったと指摘されており、「贊寧が『宋傳』の撰述にあたって、史料の一として『廣記』をもちいたことは確實であろう。」と述べておられる。(6)『宋高僧傳』は、端拱元年（九八八）に成立しており、太平興國七年（九八二）の太宗の敕命による撰修である。『宋高僧傳』編集の際に『廣記』が利用されていたという事實は、『廣記』が成立した直後から、既にその内容は閲覽可能であったことを示すものである。

ところで、張國風氏が「『廣記』は長いあいだ太清樓にしまわれていたのではない」としている論據は、宋・袁文の著『甕牖間評』巻五に、「宋景文公の『雞跖集』にも亦云う。余幼き時『太平廣記』を讀む」という一文が見られることである。張氏は、「宋景文公は宋祁のことである。宋祁は西暦九九八年に生まれており、すなわち仁宗が帝位についた年である。その「幼き時」もまた仁宗前期である。宋祁が仁宗初期すでに『廣記』を讀むことができたことからすれば、『廣記』は決して長期にわたって太清樓にしまわれていたのではない」と論じられている。(7)けれども、宋祁は眞宗咸平元年（九九八）に生まれているので、その幼かった頃は、眞宗期である。このことを指摘したのが、成明明氏の論考である。(8) 成氏は、宋祁が咸平元年に生まれており、天聖二年（一〇二四）に、二十七歳で進士となっていることから、宋祁が『廣記』を讀んだのは、遲くとも眞宗中後期までであり、因って、『廣記』は眞宗中後期にはすでに廣まっていたとの見解を示している。

成明明氏が指摘する通り、宋祁が『廣記』を讀んだのが眞宗期であることは確かであろう。だが、成氏の説は、『廣記』が世に廣まったと見なす時期が張氏の説と異なるだけで、その前提は、張氏と同じである。張氏および成氏説は、『廣記』成立後、最も早くに『廣記』に關する記述が見られるのが、宋祁の一文だというのが前提となっている。しかし、先に擧げた『宋高僧傳』の例から見て、『廣記』は、成立直後から閲覽可能であったと考えられる。從って、成氏・張氏の兩説は否定されることになる。

さて、『宋高僧傳』のほかに、『廣記』に取材した書物は、管見の及ぶ限りでは、北宋期において、十種見られた（〈表1〉參照）。

そのうち、『景德傳燈錄』では、(9)『宋高僧傳』と同じく校訂の際に『廣記』が用いられている。ただ、編集の際に、史料の一として『廣記』を參照したに過ぎない『宋高僧傳』とは異なり、『景德傳燈錄』の場合は、『廣記』に取材した本文が直接載せられている。

この書物は禪の問答集で、景德元年（一〇〇四）に編者の道原が上呈した後、眞宗はこれをよしとして、楊億らに校正するよう詔する。のち、大中祥符四年（一〇一一）

〈表1〉

書　名	著者	引用回數
景德傳燈錄	道原	1
雞跖集	宋祁	1
法藏碎金錄	晁迥	3
澠水燕談錄	王闢之	1
東坡志林	蘇軾	1
東坡全集		1
侯鯖錄	趙令畤	2
雞肋集	晁補之	2
跨鼇集	李新	1
證類本草	唐愼微	10

※『廣記』について解題した書は除外した。

に、『大藏經』に收録され、(10) 天下に流布するようになったものである。

『廣記』が引かれているのは、卷第十三に収められている「師曰。桀犬吠堯。問如何是齧鏃事。」の問答、「鏃を齧る事」の注においてである。實際にこの話は、『廣記』卷二二七・絕藝に「督君謨」と題して、『酉陽雜俎』から採録されている。(11) 以下、注に引かれている箇所の異同を確認しておく（*［廣］…『廣記』、［景］…『景德傳燈録』、［酉］…『酉陽雜俎』）。

［廣］　隋末有督君謨×。善×　閉目而射。×××××　志其目則中目。志其口則中口。有王靈智者

［景］　太平廣記。隋末有督君謨者。善×　閉目而射。×××××　志其目則中目。志其口則中口。有王靈智者

［酉］　隋末有督君謨×。善射。閉目而射。應口而中云。志其目則中目。志其口則中口。有王靈智×

［廣］　學射於君謨。以爲曲盡其妙。欲射殺君謨、獨擅其美。君謨志一短刀。箭來輒截之。惟有一矢。君謨張口承之。

［景］　學射於×謨。以爲曲盡其妙。欲射殺×謨、獨擅其美。×謨執一短刀。箭來輒截之。惟有一矢。×謨張口承之。

［酉］　學射於×謨。以爲曲盡其妙。欲射殺×謨、獨擅其美。×謨執一短刀。箭來輙截之。唯有一矢。×謨張口承之。

［廣］　遂囓其鏑而笑曰。汝學射三年。×未敎汝囓鏃×法。

［景］　遂齧其鏑×笑曰。汝學×三年。吾未敎汝齧鏃之法。

［酉］　遂囓其鏑×笑曰。×學射三年。×未敎汝囓鏃×法。

全體にわずかな差異ではあるものの、[12]とりわけ「善閉目而射。（目を閉じて射ても命中した）」の一文には、比較的大きな異同があることが見てとれる。『酉陽雜俎』は、「善射。閉目而射。應口而中。（弓に巧みで、目を閉じて射ても、口にする言葉のままに命中した）」となっている。

だが『廣記』は、『酉陽雜俎』では「善射」になる「射」の一字と「應口而中云」の五字を缺き、『景德傳燈錄』もこれに合致している。最後の二文では、『景德傳燈錄』のみ「汝學三年。吾未敎汝齧鏃之法」となっており、「射」・「吾」・「之」の三字が、『廣記』および『酉陽雜俎』に一致しない。だが、「汝」の字については『廣記』に一致することから、「射」・「吾」・「之」の三字は、楊億らが校訂の際に手を加えたか、あるいは、現行の『廣記』には見られないが、本來は『景德傳燈錄』に見える文が、『廣記』宋本の原貌であるという可能性も排除し得ない。

注に引かれている書物として「太平廣記」と記されているからだけでなく、これらの異同からも、注に引かれている記事が『廣記』に據ったものであることが裏附けられ、楊億らが校訂を行う際に『廣記』を用いていたことが確認できる。以上のことから、『廣記』が太平興國六年に版刻されてから三十年ほどのち、つまり眞宗の頃も閲覽可能であったことが分かる。

次に『廣記』から採錄した話を收めている書物は、天聖五年（一〇二七）に晁迥（幼少時、王禹偁に師事。太平興國五年の進士。官は、仁宗の時に禮部尚書に任じられ、太子少保となって退く。天聖九年卒去）が著した『法藏碎金錄』である。晁迥は『廣記』を見たとして、『廣記』に取材した記事を『法藏碎金錄』卷五に二條、卷九に一條を收めている。採錄されている記事は、「盧承慶」の話（『廣記』卷一七六、器量、出典『國史異纂』）、「費冠卿」の話（『廣記』卷一八〇、貢擧三、出典『摭言』）、「李德裕」の話（『廣記』卷四〇五、奇物、出典『劇談錄』）の三條である。これら三條は、いずれも『廣記』での卷數・分類項目や出典を記したあと、記事を引用し、評を附す形で收められている。記されている巻數・分類項目や出典は、三條とも『廣記』と一致する。まずは、「盧承慶」の話の異同を確認していく（＊廣…『廣記』、法…『法藏碎金錄』）。

廣　盧尙書承慶、總章初考內外官。有一官督運、

法　予覽『太平廣記』第一百七十六、器量事類引、『國史異纂』云、盧尙書承慶、總章初考內外官。有一官督運、

廣　遭風失米【ア】。盧考之曰、監運失糧、考中下、其人容止自若、無一言而退、盧重其雅量。改注曰、非力所及、

法　遭風失米。盧考之三、監運損粮、考中下、其人容止自若、無一言而退、盧重其雅量。改注曰、非力所及、

廣　考中中、旣無喜容、亦無愧詞。又改曰、寵辱不驚、可中上。

法　考中中、旣無喜容、亦無愧詞。又改曰、寵辱不驚、考中上。

文字の異同から次の可能性が考えられる。波線【ア】の箇所について、『廣記』汪紹楹點校本では、談愷刻本は「水」に作るが、明鈔本に據って「米」に改めると注する。また、張國風會校本も、明鈔本に據って「米」に改めている。張國風氏は、明鈔本いわゆる沈與文野竹齋鈔本（沈與文（一四七二～？）が所藏していた鈔本）の底本は、孫潛校宋本（孫潛（一六一八～？）が宋鈔本をもとに談愷刻本を校訂したもの）と體裁が同じであるだけでなく、談愷刻本と異なる箇所も同じであることから、宋本あるいは元本に據っていると指摘されている。[13] そうだとすると、『法藏碎金錄』に引かれている『廣記』の記事の本文が明鈔本の「米」字に一致し、『法藏碎金錄』の成立年代が天聖五年（一

〇二七）であることから、『法藏碎金録』が取材した『廣記』は、宋代に存在していたテキストである可能性が高い。ただ、「盧承慶」の例では文字の異同が一字だけなので、形近の誤の可能性もあり判斷し難い。そこで、最後に採られている「李德裕」の話を例に擧げる（＊廣…『廣記』、法…『法藏碎金録』）。

廣　東都平泉莊　去洛城三十里、卉木台榭、若造仙府、有虛檻。
法　『太平廣記』第四百五、奇物門類說、李德裕、東都平泉莊、去洛城三十里、卉木台榭、若造仙府、×

廣　……海州送到。【イ】莊東南隅、即徵士韋楚老拾遺別墅、楚老風韻高邈、雅好山水、李×居廊廟日、以白衣累擢
法　×　莊東南隅、即徵士韋楚老拾遺別墅、楚老風韻高邈、雅好山水、李公居廊廟×、以白衣累擢、
廣　××諫署、×後歸平泉、造門訪之、楚老避於山谷間、遠其勢也。
法　今居諫署、公後至平泉、造門訪之、楚老避於山谷間、遠其勢也。

「李德裕」の話は、『廣記』記事の「有虛檻～海州送到」の文を省き、節略した形で『法藏碎金録』に収められている。廣波線【イ】の箇所について、『廣記』汪紹楹點校本では、「莊東南隅～遠其勢也」の一文は、明鈔本および陳鱣手校本（陳校本。陳鱣〔一七五三～一八一七〕が殘宋刻本に據って許自昌刻本を校訂したもの）に據って補ったと注する。つまり、波線【イ】の箇所は、現行の『廣記』には見られないが、宋本（あるいは元本）に據った明鈔本および陳鱣手校本にのみ見られるということになる。その明鈔本および陳校本にだけ見られる一文が、『法藏碎金

錄』に認められるのである。從って、先の【ア】と、この【イ】に見られる異同が、ともに明鈔本に一致することから、『法藏碎金錄』は、宋代に存在していたテキストに依據しているのは間違いないのだが、この異同から、『廣記』宋本の原形を保持していることが確認できる。以上のことから、晁迥が『廣記』を見たのは確かであり、仁宗朝の初め頃も『廣記』は閲覽可能であったことがわかる。

次いで、紹聖二年（一〇九五）に成立した王闢之の『澠水燕談錄』を見ていく。王闢之の文に『廣記』に關する記事が見られることは、張國風氏がすでに指摘されているが、(14) 補足しておきたい點があるのでここで擧げておく。王闢之が『廣記』について觸れているのは、以下のような話である。元豐中に、高麗の使者・朴寅亮が明州（現寧波市）に到着した折に、象山尉の張中と詩のやりとりをした。朴の詩序に「花面豔吹、愧鄰婦青脣之斂、桑間陋曲、續郢人白雪之音」とあり、「青脣」の語について、神宗皇帝は何のことかと左右の者に尋ねた。皆は答えることができなかったが、趙元老が『太平廣記』を諳んじて「青脣」の典據となる故事を申し上げた、という內容のものである。趙元老が諳んじたという故事は、『廣記』卷二五一・詼諧七に「鄰夫」と題して、『笑言』（明鈔本は『笑林』）から採錄されている。

では、使者の朴寅亮が明州に到着したのは、具體的にはいつのことであろうか。『續資治通鑑長編』にその記錄が見られる。(15) 高麗國の使者が入貢したのは、元豐三年（一〇八〇）十二月のことである。總勢百二十一人で構成された使節團の大使は柳洪で、副使が朴寅亮であった。從って、ここで王闢之が「元豐中」と言っているのは、實際には元豐三年なのである。

すると、この話が元豐三年のことであるならば、先に檢證した天聖五年成立の『法藏碎金錄』に『廣記』が引かれてのち、『澠水燕談錄』で『廣記』に關連した話が引かれるまで、優に五十年を超す空白期間が發生することになる。偶々、この期間『廣記』に關する記録が殘っていないという可能性も排除できないが、天聖五年に成立した『法藏碎金錄』に『廣記』が利用されてから、再び用いられるまで、一定の期間を待たねばならないというのは、たとえ『廣記』が成立の後あまり廣まらなかったとしても、特殊な事由が存在しない限り不自然である。もう一つ想定し得るのが、この空白期間は、王應麟が自注で述べるところの「『廣記』の版木が太清樓にしまわれた」期間に該當するのではないかという可能性である。そこで、この可能性について檢討したい。まずは、空白期間が生じた事由および背景を、次節で探ることにする。

三、空白期間が生じた要因——天聖の詔を手がかりに——

上述したように、從來の研究では、王應麟が自注で述べるところの異論が出された時期は、太平興國六年に『廣記』が版刻されたすぐ後で、太清樓に版木が保管されていた時期は、太平興國六年ごろから眞宗の中後期、遲くとも仁宗期までとされ、その後『廣記』は世に廣まったと考えられてきた。しかし、前節で行った檢證では、『廣記』は版刻された當時から閲覽可能であり、その状況は仁宗天聖五年に晁迥が著した『法藏碎金錄』に引かれるまで繼續するものの、その後『澠水燕談錄』で『廣記』に關する話が引かれるまで、『廣記』に取材した書物は一時期見られなくなるという、これまでの見解と異なる結果が導き出された。

では、『廣記』が一時期世に行われなくなった要因は何であったのだろうか。その要因を推察する手がかりを、『法藏碎金錄』が成立した天聖年間に求めてみたところ、仁宗皇帝は天聖三年（一〇二五）二月に、次のような詔を出していた。

『續資治通鑑長編』巻一〇三「仁宗」

癸酉、詔國子監。見刋印初學記・六帖・韻對等書、皆抄集小說。無益學者、罷之。

癸酉、國子監に詔した。刋行・印刷されている『初學記』・『六帖』・『韻對』などの書を見てみると、みな小説を寫して集めたものである。學者の益にはならないので、これを罷めよ。

この詔は、國子監で刋行された『初學記』・『六帖』や『韻對』などの書物は、いずれも瑣末な記事を採取しており、學者の益にはならないので、このような書物の頒布をやめるよう發せられたものである。この詔が下される四年前、天禧五年に國子監の劉崇超が、『初學記』・『六帖』・『韻對』などの書物を覆刻したい旨を奏上している。

『宋會要輯稿』第七十五册、職官二八之二

（天禧五年）七月、内殿承制兼管勾國子監劉崇超言。本監管經書六十六件印板、内『孝經』・『論語』・『爾雅』・『禮記』・『春秋』・『文選』・『初學記』・『六帖』・『韻對』・『爾雅釋文』等十件、年深訛闕、字體不全、有妨印造。昨禮部貢院取到『孝經』・『論語』・『爾雅』・『禮記』・『春秋』皆李鶚所書舊本、乞差直講官重看搨本雕造。内『文選』只是五臣注、竊見李善所注該博、乞令直講官校本、別雕李善注本。其『初學記』・『六帖』・『韻對』・『爾雅釋文』等四件須重寫雕印。併從之。

（天禧五年）七月、内殿承制兼管勾國子監の劉崇超が言う。「當國子監は經書六十六部の印板を管理しております。そのうち『孝經』・『論語』・『爾雅』・『禮記』・『春秋』・『文選』・『初學記』・『六帖』・『韻對』・『爾雅釋文』等十種の板木は、年數もたっており、誤りや缺損があり、字體も不揃いであることから、印刷する妨げとなっています。以前に禮部貢院から持ってきた『孝經』・『論語』・『爾雅』・『禮記』・『春秋』の書物は、みな李鶚が書いた舊本であるため、直講官を遣わして印本とくらべ合わせて、翻刻し印刷・刊行することを願います。『文選』については、五臣注だけです。私見では、李善が注を施したものは、該博な知識に基づいたものであったので、直講官に校定させて、五臣注とは別に、李善注本を翻刻することを願います。『初學記』・『六帖』・『韻對』・『爾雅釋文』の四種は、もう一度書き直して印刷・刊行するべきです。」

すべてこれに從います。

國子監には、磨損による經年劣化が生じて印行に適さない版木が十種あり、そのうち、『初學記』・『白氏六帖』・『四庫韻對』・『爾雅釋文』の四種は、新たに彫り直して印刷するべきであると上疏している。仁宗が下した天聖三年の詔は、この國子監の上奏に對する批答であった。請願が許可されなかった理由に、「小說から記事を採取」したような書物は「學者の益にはならない」ことが擧げられている。國子監は、すぐに覆奏して、次のように述べている。

『宋會要輯稿』第七十五册、職官二八之三

（天聖）三年二月、國子監言、准中書劄子、『文選』・『初學記』・『六帖』・『韻對』・『四時纂要』・『齊民要術』等印板、令本監出賣、今詳上件『文選』・『初學記』・『六帖』・『韻對』、竝抄集小說、本監不合印賣。今舊板訛闕、欲更不雕造。從之。

（天聖）三年二月、國子監は言う。中書の劄子の通りにして、『文選』・『初學記』・『六帖』・『韻對』・『四時纂要』・『齊民要術』等の印板は國子監から販賣させることになっておりましたが、今、上件の『文選』・『初學記』・『六帖』・『韻對』について審議してみると、みな小説を寫して集めたものなので、國子監で印刷・販賣すべきものではありません。今、古い板木には誤りや缺損がありますが、これ以上さらに刊刻しないことにしたいと思います。これに從います。

仁宗の意向に應じて、國子監は、これらの書物を覆刻・印行し販賣することは斷念せざるを得なかったようである。だが、『文選』については、劉崇超が再び「李善文選、援引該贍、典故分明。欲集國子監校定淨本、送三館雕印。從之。（李善の『文選』は、引用されている章句は適切で、豊富な引用をおこない、典故も明らかである。國子監で校定した淨本を集め、三館に送って雕印しようと願う。これに從う）」と上奏しており、天聖七年（一〇二九）十一月に版木ができ上がり、その月に印刷するよう詔が下されたのである。[16]

そうすると、問題なのは、印行が認められなかった『初學記』・『白氏六帖』・『四庫韻對』の三書であろう。『初學記』・『白氏六帖』の版木は、蜀の毋昭裔が刻版し、子の克勤が宋朝に獻上したものである。[17]『韻對』は、『廣記』編纂官の一人である陳鄂が著した書『四庫韻對』のことで、その版木は孫の僧溥が天禧五年に獻上している。[18]

天聖三年の詔に取り上げられている『初學記』・『白氏六帖』・『四庫韻對』の三書は、いずれも類書類の書物である。『廣記』もその性格から考えて、おそらく、これら三書と同様に「學者の益にはならない」書物の對象の中に入っていたのではないだろうか。仁宗が、「小說から記事を採取」したような書物は「學者の益にはならない」

とする詔を出したことは、むしろ類書類や小説類が隆盛していたことを物語っている。ましてや『廣記』は、傳統的な概念では、觀るべきものからはずされてきた、史傳のスタイルとは隔たりのある記事、つまり、陳振孫『直齋書錄解題』に言う「野史・傳記・故事・古今の小說」の類が收錄の對象となっている。『廣記』の性格を勘案すれば、この詔が發せられた時點で、『廣記』も「學者の益にはならぬもの」と見なされた可能性は十分に考えられる。事實、天聖三年より以前に、これらの三書が「學者の益にはならぬもの」と見なされた形跡は見いだせない。そうであるならば、この詔が發せられたことが先例となって、『廣記』が頒布された後に、「學者の急とする所に非ず」との異論が出されたとする王應麟の自注が現實味を帶びてくる。

類書類や小說類の書物がいかに隆盛を極め、士大夫層に影響を與えていたかは、先に引いた國子監に發せられた天聖三年の詔の四年後、天聖七年（一〇二九）正月に下された詔にも見てとれる。「誡進士作文無陷浮華詔（進士の作す文が浮華に陷いらないよう誡める詔）」がそれである。

『宋會要輯稿』選擧三之一六

天聖七年正月二日詔曰、國家稽古御圖、設科取士、務求時俊、以助化源。而褒博之流、習尙爲弊。觀其著撰、多涉浮華、或磔裂陳言、或薈粹小說、好奇者遂成於譎怪、矜巧者專事於雕鐫。流宕若茲、雅正何在。（以下略）

天聖七年正月二日詔して言う。國家は古の文獻を考證して版圖を統治し、試驗を實施して進士を取り、當代の優秀な人材を求めることに務め、敎化の本源を守り支えている。しかし、知識人たちは未だに昔ながらの習慣にとらわれている。その著作を見ると、ほとんどが內容のない浮ついた文に傾いている。あるものは古の言葉を切りきざんでみたり、あるものは瑣末な記事を集めている。奇をてらうものは、奇妙で怪しげな文章を書き、技巧を得意とするものは、装飾的な修辭をこらすことだけに執着している。このように奔放で散漫な文章であるならば、典雅で正統な文はどこにあるのか。(以下略)

仁宗皇帝は、こうした詔を正月に發しただけでなく、同年五月にまた「浮華靡蔓の文を誡むる詔」を禮部貢擧に下している。(19) その詔では、進士の書く文章が「小說を集め、古の言葉を切りきざみ、誇張された軟弱な文を競って作るに至っており、治道に無益である」と、正月に發した詔の趣旨と同様のことが述べられている。仁宗皇帝がここで言っている「小說」とは、天聖三年の詔に擧げられていた『初學記』・『白氏六帖』や『四庫韻對』などの類書に採られている記事を指していることは明白である。いわゆる「類書」と呼ばれる書物は、文人の詩作の用に、あるいは科擧受驗の參考書として用いられてきた。『初學記』は、皇太子および諸王が詩文を作る際に、諸事項を檢索するために編纂されたものであり、『白氏六帖』の場合は、白居易が自身の詞藻のために編集したものである。『四庫韻對』は、陳鄂が、李瀚『蒙求』と高測『韻對』(佚書)に倣って著した書物で、『宋史』藝文志および『崇文總目』に著錄されているが、現在はすでに佚して傳わらない。おそらく、韻により語を配列し、典據となる故事を記したもので、詩や駢文作成のための書物であったと考えられる。陳鄂が手本にしたという『蒙求』は、類似する故事を二つずつ配して四字句の韻語で記し、子供が故事を知るのに便利なように作られた書物である。高測『韻對』は、今は佚しているのでその詳細は分からない。だが、高測『韻對』に取材した話が前出の『法藏碎金錄』に採られており、その內容は、張澄が父を葬る際に、郭璞が墓地を占うという話である。これらのことから考えて、概ね『四庫韻對』は、『蒙求』のように語を韻により配列し、その出典に『法藏碎金錄』に見える高測『韻對』の記事のような話柄を多く收錄する書物であろうと思われる。一方、『廣記』はどのような構成になっているだろうか。

四、『太平廣記』編纂の目的

『廣記』の構成については、すでに第一章第一節でも觸れたように、『廣記』は漢魏六朝から五代宋初までの稗史・小說家類などの文獻資料に據って約七千條の記事が採取されている。その記事はジャンル別に分類され、話に出てきた中心人物の名を題に附けて收錄されている。これに伴い、收錄に際しては、人物名を條文の冒頭に出すという體裁になっている。收錄されている記事は、出典が「某書に出づ」の形で明記され、話の中に見られる時代背景の順に配列されている。こうした體裁が取られていることから、『廣記』はあきらかに類書として編纂されていると言ってよいだろう。しかし、類書として編集されているとはいえ、『廣記』が收錄の對象としているのは、稗史や小說類の記事であって、『初學記』や『太平御覽』などいわゆる「類書」とよばれる書物とは全く性格が異なる。元來類書は、作詩作文のために語句や典故を調べる、あるいは科擧受驗に必要な論策の材料を得るための參考に用いるというのがその重要な用途であるはずだが、小說類を集めたような『廣記』がどうして類書として機能しうるのかということが大きな問題となる。一般的に、小說類の記事が作詩作文の用に、あるいは科擧受驗の參考に役立つとは考えがたいからである。そもそも、仁宗が帝位について數年のうちに同じ趣旨の詔を重ねて發したのは、いったいどのような背景によるものだろうか。

當時の文壇では、李商隱の詩をまねた「西崑體」と呼ばれる楊億らの詩風が流行しており、その流れを汲む詩文が重きをなし、科擧の受験生が模範とすべきスタイルとなっていた。當時どれほど李商隱が流行っていたかは、次のような逸話、「嘗御賜百官宴、優人有裝爲義山者、衣服敗裂、告人曰、爲諸館職撏撦至此。聞者大噱。（かつて多くの高官らが御宴を賜った時に、一人の藝人が李商隱に扮してあらわれた。引きちぎられたボロボロの衣裳をまとって、觀客にむかって言った。「（私は李商隱でございます）館閣のかたがたにはぎ取られて、このような有樣となりました。」聞いていたものは大笑いした）」からも見てとれる。[20] ここで藝人が着ている引きちぎられたボロボロの衣裳は、李商隱の詩句のつぎはぎだけで單なる模倣にすぎない楊億らの作風を皮肉ったもので、藝人が演じたのは、「參軍戲」と呼ばれる滑稽劇（掛け合い漫才やもの眞似の類）だと思われる。[21] このように、李商隱を題材にした道化芝居が宮廷の宴で演じられていたほどであるから、いかに李商隱がもてはやされていたか、いかに西崑體が隆盛していたかがよくわかる。

李商隱（八一二～八五二。字は義山。號は玉谿生。懷州河内の人）は、典故を驅使して、雕琢を凝らした幻想的かつ唯美的な詩風で知られる。彼は、カワウソが捕らえた魚を竝べるように、詩文を作る際に多くの書物を机の左右に竝べて置き參考にしたといわれることから、獺祭魚と稱される。[22] 西崑體のモデルとなった李商隱の詩風について、高橋和巳氏は次のように述べられている。[23]

李商隱の特異性の一つは、いままで文人達に守られてきた典故修辭法の默契をつき破っている點にある。元來、傳統尊重の精神に育まれた典故の技術は、權威ある基礎的教養書、『詩經』や『論語』、『莊子』や『史記』・『漢書』等に含まれる語彙や人物事跡にその範圍は凡そ限定されていた。（略）ところが、李商隱はいわゆる僻典をもさけなかった。（略）稗史小説類にのみ語り傳えられる事柄を堂堂と比喩に借り、事柄ばかりか、その發想をも大膽にその詩に導入したのである。（略）北宋眞宗の時に、宰相楊億（九七四―一〇二〇年）が李商隱を酷愛し、錢惟演、劉筠らと李商隱の詩を模擬して唱酬し、西崑體と號するにいたって、彼の詩風は殆ど一世を風靡した。（略）これは、彼の文學の精髓を學んだのではなく、その外形的模倣にすぎなかった。

李商隱の詩風は、文人は通常用いない稗史や小説類からも典故を引くという、いわゆる僻典を多用することを特徴とする。それ故に、『初學記』・『白氏六帖』や『四庫韻對』などの類書類の書物が、詩文作成のために利用されていたことはもとより、むしろ僻典を引くために、稗史や小説類の記事が收錄の對象となっている『廣記』が文人の間で大いに活用されていたであろうと考えられるのである。

仁宗皇帝が同じ趣旨の詔を何度も下した狀況に、唐代以來の類書類の書物や唐代の書物に由來した韻書が、詩文作成のためや科擧受驗の參考書として利用され、影響を及ぼしていた實態が認められる。このことは、國子監が、科擧の試驗科目になっている四書五經などの書物に加えて、『初學記』・『白氏六帖』・『四庫韻對』の三書も版刻・印行して、販賣すべき書物であると考えていたことからも裏附けられる。このように、仁宗初期において類書類の書物が實用的に使われていた狀況から、『廣記』も詩文を作るために、あるいは受驗參考書として、實用的に利用されていた實態があったと推測することができる。これを裏書きするように、南宋期には、科擧受驗に備えて『廣記』を利用していた例が認められる。南宋の唐士恥（南宋寧宗から理宗の間の人。金華出身）が書いた「太平廣記序」という一文である。これは、唐士恥が科擧受驗に備えて、練習で書いたであろう『廣記』の序文で、彼の著『靈巖集』に收められている。『靈巖集』は、『四庫全書總目提要』に據ると、「士恥所作、蓋郎備詞科之用也

（士恥が作ったものは、詞科の用に備えるものであろうと思われる）。」とあり、唐士恥が科擧受験のための參考書として書いた文例集であるらしい。こうした實態が認められることは、『廣記』が受驗の參考書として利用されていた傍證になり得るだろう。

以上のことから、國家による大規模な編纂物に考えられる治世の用に供する目的だけではなく、詩文作成のために検索し易いように編集することが、『廣記』編纂における最大の目的であったことが見えてくる。

五、天聖三年以降における『初學記』・『白氏六帖』・『四庫韻對』の受容狀況

さて、一連の詔が下されたことにより、後に歐陽脩が「天聖中、天子詔書を下して、學者の浮華を去れと敕す。其の後、風俗大いに變ず。」と記すように、(24)趨勢が變わる狀況下で、文壇の主流は、古文へと轉じてゆく。こうした局面をむかえ、おそらく、詔に擧げられた三書は、その有用性を急速に失い、次第に用いられなくなるものと思われる。果たして、詔が下された天聖三年（一〇二五）以降では、『初學記』・『白氏六帖』・『四庫韻對』の受容狀況に變化が見られるようになるのであろうか。天聖三年以降で、これら三書に取材した書物をしばし追いたい。

『初學記』の場合、宣和五年（一一二三）頃に書かれたとされる、阮閱の『詩話總龜』後集に見えるのが最も早いが、(25)年代を確定するのは難しい。阮閱は、王褒の「僮約」を『初學記』に基づいて引いている。王褒が奴僕を買い受け、契約を交わす話は、確かに、『初學記』卷十九・奴婢第六に收められている。すなわち、天聖三年に詔が下されて以降、『初學記』に取材した書物が見られるのは、徽宗宣和五年で、實に、百年前後の空白期間をおいて

再び世に行われるようになったのである。

『白氏六帖』の場合は、天聖三年以降では、高承の『事物紀原』に引かれるのが最も早い。[26]『事物紀原』の成立年代は不明だが、高承が元豐（一〇七八～一〇八五）年間の人であることから、[27]神宗期もしくはその前後の書物ということになる。つまり、天聖三年の詔以後、『白氏六帖』は、五十三年から六十年の時を經て、ようやく再び用いられるようになったのである。『四庫韻對』に至っては、これに取材した書物は確認できず、この書物は最終的に佚してしまう。

以上の狀況を總じてみると、個人が讀んだ書物の記錄が一つ一つ殘されているわけではないにしろ、『初學記』や『白氏六帖』は、天聖三年の詔に擧げられる前までは世に行われていた。殊に、眞宗朝では類書類や小說類が隆盛していたことから、仁宗朝になってなおその影響を承け、『初學記』をはじめとする類書類や小說類の書物が科擧受驗の參考書として利用されてきた。ところが、仁宗朝初期に發布された度重なる詔によって、これら三書は「小說から記事を採取しており、學者の益にはならない」とみなされ、次第に用いられなくなるのである。そうして、次々代皇帝の神宗や北宋末期の皇帝徽宗の代になって、ようやく再び世に見られるようになるのである。

このように、『初學記』・『白氏六帖』・『四庫韻對』の三書に見られた受容狀況の實態は、すでに見てきた『廣記』の受容狀況の檢證結果に合致する。從ってこの合致は、次のことを裏づける。天聖五年に成立した『法藏碎金錄』に『廣記』が利用されてから、再び用いられるまで、一定の空白期間が發生したのは、王應麟が自注で述べるところの「學者の急とする所に非ず」との異論が提出されたためである。そして、その異論は、仁宗の發した天聖の詔が誘因となって提出されたものと考えられる。ゆえに、異論が出された時期については、『法藏碎金錄』の成立が天聖五年のことで、仁宗が發した一連の詔が天聖三年・天聖七年正月・同年五月であることから、天聖六年頃から、遅くとも、天聖中（〜一〇三二）には提出されていたと推定される。

六、『太平廣記』はいつ頃から再び世に行われ始めたのか

では、『廣記』はいつ頃世に廣まったのかという、具體的な時期について、個人の詩文集などから検證していくことにする。

宋代を代表する詩人の一人である、蘇軾（一〇三六〜一一〇一）の文集に、『廣記』を讀んだ形跡が窺える。蘇軾に『廣記』を引いた記事が散見されることは、これまでにも報告されているので、[28] ここではそれらの制作年代に注目してみる。これまでに指摘されているものをまとめると次のようになる（テキストには『蘇軾全集校注』を用いた）。[29]

①「與李知縣」（『蘇軾全集校注』文集八、巻五十八）
②「岐亭」五首、其二（『蘇軾全集校注』詩集四、巻二十三）
③「書鬼仙詩」（『蘇軾全集校注』文集十、巻六十八）
④「以利害民」（『蘇軾全集校注』文集十一、巻七十二）

①で蘇軾が言及している「虎頭骨」の話は、『廣記』巻四二三・龍六に『尚書故實』から採録され、「虎頭骨」

と題して収められている。長い間、日照り續きだったので、雨乞いのために虎頭骨を縄で縛って、龍がいるところに投げてみたところ雨が降った、という内容である。蘇軾は、徐州と黄州でこれを試してみたところ、いずれも効き目があったので、これを報告するとしている。この記事から、蘇軾は『廣記』を讀んで、雨乞いの儀式を行ったことが分かる。(30)

蘇軾が徐州で祈雨の儀式を執り行ったのが元豐元年（一〇七八）で、李知縣に宛てた手紙の中で、(31)「舊に見た太平廣記に云う」と述べていることから、蘇軾が『廣記』を讀んだのは、元豐元年より以前であると言えるだろう。

②の「岐亭」五首は、蘇軾が黄州（現湖北省）にいた元豐三年（一〇八〇）から元豐七年（一〇八四）の四年間に作られたもので、蘇軾が罪を得て流罪となった黄州の地から汝州に量移されることになった際、黄州で親交のあった陳慥（字は季常）に贈った詩である。次に擧げる其二は、元豐四年（一〇八一）の作である。

問題となるのは、詩の其二に見られる第九・十句の「不見盧懷愼、烝壺似烝鴨。（見ずや盧懷愼、壺を烝して鴨を烝すに似たる）」である。この句は、『廣記』巻一六五・廉儉に収められている「鄭餘慶」を典據にしている。

これについて、南宋の呉曾は次のように述べている。

『能改齋漫録』巻三、辯誤「蒸壺似蒸鴨」

按、『太平廣記』載『盧氏雜說』、「鄭餘慶與人會食。日高、衆客囂然。呼左右曰、爛蒸去毛、莫拗折項。諸人相顧、以爲必蒸鵞鴨。良久、就餐。每人前下粟米飯一椀、蒸胡蘆一枚。餘慶餐盡、諸人彊進而罷。」然則「蒸壺似蒸鴨」乃鄭餘慶、非懷愼也。豈東坡偶忘之耶。

考えてみるに、『太平廣記』には、『盧氏雜說』の「鄭餘慶は人々を招いて宴會を催した。晝も近くなり、お客はがやがやと話をしていた。餘慶は左右の者を呼んで「とろとろによく煮込んで毛を取り、首を折り曲げてはいけないぞ」と命じた。客人たちは顔を見合わせて、どうやらきっと鵞鳥か鴨の蒸し料理を出すのであろう、と思っていた。しばらくして食事をすることになった。客人それぞれの前には、粟の飯が一椀と蒸した瓢箪が一つ置かれた。餘慶は料理をたいらげ、客人らは無理して食べて終った」という話が載せられている。そうだとすると、「壺を蒸して鴨を蒸すのに似ている」のは、鄭餘慶ということになり、懷慎のことではないのだ。蘇軾はたまたまこれを忘れたのだろうか。

呉曾が指摘するように、ガチョウやアヒルの蒸し料理が出されると思いきや、蒸した瓢箪を客人に出した、という逸話のある人物は鄭餘慶である。それでは、なぜ、蘇軾は、鄭餘慶のことを盧懷慎だと勘違いしたのであろうか。呉曾が言うように、圖らずも單に忘れただけなのだろうか。

實は、『廣記』巻一六五の廉儉部には、「鄭餘慶」の話の四條前に、鄭餘慶とおなじく清廉質朴な人物として「盧懷慎」の話を収めているのである。蘇軾の思い違いは、むしろ『廣記』を讀んでいたからこそ起きたのだと言えはしないだろうか。

③の「書鬼仙詩」に關しては、すでに富永氏が「『太平廣記』の諸本について」(32)によって詳細な考證をされているので、ここで擧げることはしないが、この詩の制作經緯について少し觸れておきたい。跋文によると、元祐三年（一〇八八）二月二十一日の夜に、(33)黄庭堅・壽朋（未詳）・蔡肇の三人と李公麟宅に會して神仙のことや幽靈、あるいは夢について、詩文を一巻に書き記したとある。そして蘇軾は、『廣記』に採錄されている「崔書生」（巻三三九、鬼二十四）に見える「芫花半落、松風晚清（芫花半ば落ち、松風晚に清し）」の二句を特に好み、その錄した巻

末に二句を附記した、とある。

元祐三年は、蘇軾が中央に戻っていた時期である。李公麟の家に集まった二月二十一日は、蘇軾が李公麟を召して考校官につかせた日でもある[34]。大方その折りに集ったのであろう。こうした私的な文人同士の集まりで、鬼仙について録し、巻末に『廣記』より引用した句を載せていることから、詩作の參考のために、特に珍しい話や不思議な話の據りどころとして『廣記』を用いることは、中心となった蘇軾をはじめ蘇軾周邊のグループ内では、共通の認識であっただろうと考えられる。

④の「以利害民」は、李白の子伯禽について言及した記事である（併せて「以樂害民」の一文を附す）。

「以利害民」

近者余安道孫獻策権饒州垍器、自監権得提擧死焉。偶讀太平廣記。貞元五年。李白子伯禽、爲嘉興徐浦下場糶鹽官。侮慢廟神以死。以此知不肖子、代不乏人也。

近ごろ余安道の孫は、饒州の陶器を專賣にしようと獻策し、自らが專賣を監督する提擧司の職務を得たものの、亡くなってしまった。偶々『太平廣記』を讀むと、貞元五年、李白の子伯禽は、嘉興徐浦下場糶鹽官となって、廟神を侮慢したことによって死んでしまった（とあった）。このように、不肖の子というのは、いつの世にもかなりいるものだ。

「以樂害民」

揚州芍藥、爲天下冠。蔡繁卿爲守、始作萬花會。用花十餘萬枝、既殘諸園、又吏因緣爲姦、民大病之。余

始至問民疾苦。以此爲首。遂罷之者。（以下略）

　揚州の芍藥は天下一である。蔡繁卿が長官について、始めて萬花會を營んだ。十萬本を超す花を用いて萬花會は行われた。それで多くの花圃が損なわれたうえに役人の不正の原因ともなっていた。民はおおいに不利益を蒙っていた。私が長官に着任したばかりのときに、民に苦しみを尋ねると、萬花會がその第一となった。そうして萬花會をやめた。

李白の子・伯禽の話は、確かに『廣記』の巻三〇五・神十五に、『通幽記』から採錄され「李伯禽」と題して収められている。この話の前には、余靖（字は安道、北宋四諫官の一人）の孫が饒州（現景德鎮）陶器を專賣にしようと獻策し[35]、提擧司となったものの後に亡くなったという一文があることから、伯禽の話は、余靖の孫を「不肖の子」と批判するために引いたものだと分かる。蘇軾は、偶々『廣記』を讀んだと記しているだけで、その時期については記されていないので分からないが、前後の文から考えてみると、余靖の孫が亡くなったのが元豐六年（一〇八三）のことで[36]、「以樂害民」の文は、蘇軾が揚州知府事に任ぜられた元祐七年（一〇九二）の作であることから、李白の子・伯禽について觸れているこの一文は、元豐六年から元祐七年の頃に書かれたものと推測できる。

　さて、①から④について見てきたわけだが、蘇軾が『廣記』を讀んだ形跡が窺える最も早い時期は、元豐元年（一〇七八）で、あとは元豐末から元祐年間に集中している。これまでに見てきた『廣記』の流傳狀況から、地方に『廣記』が廣まっていたとは考えにくく、また、②で見られたような記憶違いの例があることから、手元で『廣記』を讀みながら詩文を書いたわけではないようである。おそらく、蘇軾は、中央に居た頃に『廣記』を讀んだものと思われる。蘇軾が元豐元年より以前で中央に居た時期は、英宗治平二年（一〇六五）から神宗熙寧四年（一〇七二）の六年間である。ただ、父の蘇洵が治平三年に亡くなっていることから、熙寧元年までの三年間は、喪に服するため歸郷しており、實質中央に居たのは、治平二年の一年間と、熙寧二年から熙寧四年（一〇六九～一〇七一）の二年間ということになる。從って、蘇軾が『廣記』を讀んだ可能性のある時期は、この頃だと言えるだろう。

蘇軾の他では、晁補之（一〇五三～一一一〇）の文に、『廣記』の内容を覺えているとする記事が見られる。[37]その話は、顔眞卿が賊に縊殺されて葬られた後、棺を開けてみると、筋肉はまるで生きているようで（拳は握ったままで〔『廣記』に據って譯を補う〕）、指の爪は掌を貫通して伸びていた。道士の邢和璞はこれを聞いて、「これはいわゆる形仙というもので、鐵石の中に藏したとしても、打ち破って飛び去ってしまうだろう」と言った、という内容のもので、晁補之が記憶していた一文は、『廣記』巻三十二・神仙三十二に「顔眞卿」と題されて収められている。晁補之の著『雞肋集』は、序文によると元祐九年（紹聖元年・一〇九四）に成立している。

晁補之以外にも、趙令時（一〇六四～一一三四）に『廣記』を讀んだ形跡が窺える。その著『侯鯖録』巻七には、「太平廣記中載人化爲虎多矣。未見生化爲蛇也。（『太平廣記』には、人が虎に變化することを多く載せているが、未だ、生きたまま變化して蛇に爲った話は見ない）」と記されており、確かに、『廣記』には人が虎に化ける話は多く見られるものの、人が蛇に變化する話は見られない。このことは、趙令時が『廣記』を讀んでいなければ知り得ないことである。

さらに、李新（生沒年不詳、元祐五年〔一〇九〇〕進士）も、「譚子圖經及神仙集錄、皆載天池本末、『太平廣記』亦有傳。（譚子圖經及び神仙集錄は皆天池の本末を載す。『太平廣記』もまた傳有り）」（『跨鼇集』巻二十二「答喩晞文書」）と記している。李新がここでいう「天池」とは、譚子池とも呼ばれる池の名で、その池に關する記事は、『廣記』に巻二十・神仙二十に「譚宜」と題して収められている。李新の例もまた、『廣記』を讀んでいなければ分からないことである。

ところで、晁補之・趙令時・李新の三人は、それぞれみな蘇軾と交遊關係にある。晁補之は、若くして文章をよくし、蘇軾の賞贊を受け、張耒・秦觀・黃庭堅とともに「蘇門の四學士」と稱された。趙令時の場合は、蘇軾が彼の才能を愛でて、朝廷に二度も推薦している。李新は、曾て劉涇の紹介で蘇軾に推薦されている。その時、「墨竹」を賦して、非常に優れていると蘇軾から言われている。

このように、晁補之・趙令時・李新の三人は、蘇軾と密接な關係にあり、かつ、それぞれ皆が『廣記』を讀んだことがあるとしている。『廣記』に取材した書物を、個人の詩文集で辿ってみると、蘇軾と關係のある者の文にその形跡が確認された。これらの事實は、蘇軾とその周邊で、『廣記』が受け入れられ利用されていたことを意味する。彼らそれぞれが『廣記』を所有していたのか、あるいは、所有する人物から借りるか、仲間內で回し讀みをしていたのかは定かではないが、いずれにしても、一つのグループで『廣記』が受容されていたことは確かであろう。

では、『廣記』はいつ頃世に廣まったのかという、具體的な時期の推定を試みる。蘇軾が『廣記』を讀んだであろう時期は、治平二年（一〇六五）か熙寧二年から熙寧四年（一〇六九～一〇七一）の間である。だが、この時期の蘇軾の文に、『廣記』を利用した形跡は見いだせない。また、他の文人の書にも窺えない。蘇軾の文に見える『廣記』に取材した記事で、最も早いのが、『廣記』を讀んで雨乞いの儀式を行ったという元豐元年（一〇七八）である。この二年後、元豐三年に、王闢之の『澠水燕談錄』に趙元老が『廣記』を諳んじた話が引かれる。その翌年、元豐四年には、蘇軾が『廣記』所收の「鄭餘慶」を典據に詩を書いている。蘇軾はその後、元祐三年、元祐七年と四年おきに『廣記』に取材した記事を書いている。蘇軾周邊では、晁補之や趙令時・李新の文にも、『廣記』を讀んだ形跡が見られるが、いつごろ書かれたものかは定かでない。ただ、晁補之はその文中で、曾て記憶した『廣記』の記事であると述べていることから、元祐九年（紹聖元年・一〇九四）以前であることは疑いない。

以上の結果を概してみると、『廣記』に取材した記事は、蘇軾の文に多く見られ、その廣がりは、王闢之の例を除くと、蘇軾周邊に限られる。因って、元豐年間から元祐年間にかけての十六年間は、『廣記』が世に廣まる嚆矢の時期と位置づけることができる。この時期は、神宗期・哲宗期に入っており、仁宗の發した詔に則った規範性は、既に弱化していると言えるだろう。のみならず、蘇軾とその周邊に見られた『廣記』の利用のしかたは、これまでに見てきたような詩文を作るために『廣記』を利用しているだけでなく、讀み物として『廣記』を受容していることが認められる。このように、天聖の詔が施行されてから、『法藏碎金錄』に『廣記』が引かれてのち、一時期『廣記』は世に行われなくなっていたのだが、元豐年間から元祐年間にかけて、個人の詩文集において、『廣記』は再び利用され始める。その利用のしかたは、小規模なグループ内のこととはいえ、『廣記』を讀み物として受容しており、『廣記』が一時期世に行われなくなる以前とは、その受容に變化が見られる。こうした受容は、南宋期における『廣記』受容のしかたに繫がっていくものと考えられる。

一方、中央政府においても、徽宗朝になると『廣記』を再び用いるという動きがみられる。それは、政和六年に刊行された『政和本草』においてである(38)。これには、北宋期で『廣記』に取材した書物のうち、最も多くの條文が収められている。それでは、『政和本草』を次節で檢證していくことにする。

七、中央政府の動き

宋代になると、それまでの本草書を集成する試みが幾度となく行われている。宋代までは、梁の陶弘景『神農本草經集注』と、陶弘景の本草を増補した、唐の蘇敬『新修本草』があった。その後宋代に入って、蘇敬の『新修本草』を増補加注したのが、『開寶新詳定本草』である。開寶六年（九七三）のことである。これを皮切りに、翌年に『開寶重定本草』、嘉祐二年（一〇五七）には『嘉祐補注神農本草』、大觀二年（一一〇八）に『大觀本草』、政和六年（一一一六）に『政和本草』、紹興二十九年（一一五九）には『紹興本草』が敕命により刋行されている。本草學や本草書諸本の系統に關する研究は、それぞれに專門の論考があるのでそちらに譲るとして[39]、ここでは、政和六年刋の『政和本草』を取りあげる。

この書物には、『廣記』から採錄された記事が十條收められている。ここで問題となるのは、これまでに見てきた『景德傳燈錄』や『法藏碎金錄』の場合に比べて、『廣記』からの引用數が單に多いというだけでなく、政府主導で編纂された『政和本草』に收められている『廣記』引用文の中に、現行の『廣記』には見られないが、流傳の過程で佚したであろう一文が存在する點にある。

『政和本草』は、正式には『政和新修經史證類備用本草』といい、祖本は『開寶重定本草』である。『開寶重定本草』は國子監で刋行され、編纂には李昉や扈蒙らが攜わっている。李昉と扈蒙は、『太平御覽』および『廣記』の編纂官である。つまり、『開寶重定本草』の四年後に『太平御覽』・『廣記』が編纂され、兩書には同じ編者が關わっており、『開寶重定本草』を祖本とする『政和本草』には、『廣記』に取材した記事が採られていることになる。

『政和本草』に採られている『廣記』記事の引用形式は、書名を掲げたあと記事を載せる形になっており、記事は、原文の嚴密さは問わず分類項目に應じた箇所のみが引かれている。『廣記』から採錄された十條の記事のうち、同じ話柄を引くものが一條見られるので、重複を除くと、實質九條ということになる。各引用記事は、文字に多少の異同が見られるものの、問題となるほどの差異は見られなかった。

ただし、次に擧げる「安南象」の話（『政和本草』卷十六、象牙）では、通行本『廣記』にはない一文が見られた。まずは、その該當箇所（傍線部）を確認しておく（＊廣…『廣記』、政…『政和本草』）。

廣　安南有象。能默識人之是非曲直。××××××××。其往來山中遇人相爭有理者卽過。負心者以鼻捲之。

政　安南有象。能×知人×××曲直。有鬪訟者行立而齅之。××××××××有理者則過。無理者以鼻卷之。

廣　擲空中數丈。以牙接××之、應時碎矣。莫敢競者。

政　鄭空×數丈。以牙接而刺之。×××××。×××××。

この話は、『廣記』卷四四一「雜說」に見え、『朝野僉載』卷六から採錄されている。通行本『廣記』にはない一文は、傍線を附した「有鬪訟者行立而齅之（鬪訟する者有らば行き立ちて之を齅ぐ）」が、その該當部分である。

廣波線部「能默識人之是非曲直」と「其往來山中遇人相爭」の十八文字は、汪紹楹點校本『廣記』および張國風會校本では、黃本（淸・黃晟刻本）に據って補ったと注されているが、問題の傍線を附した一文については說明されていない。『廣記』が基づいたとする『朝野僉載』を確認してみると、寶顏堂祕笈本および通行本ともに、當該部分を（含む波線部分を）缺いているため、その詳細はわからない。

だが、南宋期にこの話を収めている書物が二種ある。ひとつは『爾雅翼』で、もうひとつは『海錄碎事』である。『爾雅翼』は、南宋の羅願によって、淳熙元年（一一七四）に成った書物である。

『爾雅翼』卷十八

太平廣記曰。安南有象。能知人曲直。有鬬訟者行立而嗅之。有理者則過、無理者以鼻卷之。擲空數丈、以牙接而刺之、亦噟之。

羅願は、この話を『廣記』から採録しており、『政和本草』に見られる一文とも異同なく合致する。

もうひとつが、南宋紹興十九年（一一四九）に成立した、葉廷珪の『海錄碎事』に引かれている「安南象」の記事である。『海錄碎事』は、『廣記』成立の後では、最も早くにこの記事を採錄している。

『海錄碎事』卷二十一、政事禮儀部、獄訟門

「安南象」※□は缺字

僉載。安南有象。能辨曲直。有鬬訟者象□之。有理者卽過、無理以鼻卷之。擲空中數丈、以牙接之。

『海錄碎事』に見られるこの記事は、問題の該當部分において缺字があるが、『政和本草』と『爾雅翼』の一文に

非常に近い形をしている。

これら三種の書物に見られる「安南の象」の記事から、次のことが推測される。『廣記』に採られている「安南の象」の記事の出典が『朝野僉載』であり、『廣記』に基づいてこの記事を録する『政和本草』と『爾雅翼』の文章にまったく異同がなく、『海錄碎事』の一文と『政和本草』および『爾雅翼』が似ていることから、この記事の原文には、「有鬭訟者行立而齅之」の一文があったと考えられる。

そうであるならば、北宋期の『政和本草』本所收の『廣記』引用文と南宋期の『爾雅翼』に引く『廣記』の記事が同じである上、異同箇所の一文が雙方で一致し、かつ、兩書とも出典が『廣記』になることから、現行の『廣記』には見られないが、「有鬭訟者行立而齅之」の一文を備えているのが本來の形、つまり宋本の原貌に近いと言えるだろう。

『政和本草』には、「安南の象」の記事以外に、現行の『廣記』には見られないが、流傳の過程で佚したであろう記事がもう一條存在する。それは、巻九（草部中品之下「青黛」）に收められている、「青黛殺惡蟲、物化爲水。」という記事である。この記事は、通行本『廣記』だけでなく、他の書物にも見られないので詳細は分からないが、おそらく、この條文も宋本『廣記』には有ったのではないかと思われる。(40)

以上檢證の結果、政和六年（一一一六）に、敕命により刋行された『政和本草』は、『廣記』に取材しているのみならず、『廣記』宋本の原形を保持していることが明らかとなった。

小結

本章では、王應麟の『玉海』に引く『宋會要』に附された自注を檢證してきた。これまでの研究では、王應麟が自注で述べている「學者の急とする所に非ず」との異論が提出された時期は、太平興國六年に『廣記』が版刻されてからすぐ後とされ、太清樓に版木が保管されていた時期については、太平興國六年ごろから眞宗の中後期、遲くとも仁宗期までであり、その後『廣記』は世に廣まったと考えられてきた。

だが、本章で行った檢證では、『廣記』は版刻された當時から閲覽可能であり、その狀況は、天聖五年に晁迥が著した『法藏碎金錄』に、『廣記』の記事が引かれるまで繼續するものの、その後、『廣記』に取材した記事が、蘇軾とその周邊の文人や王闢之の文に見られるまで、『廣記』を利用した書物は一時期見られなくなるという、從來の見解と異なる結果が得られた。そして、一時期世に行われなくなった事由は、天聖年間に仁宗皇帝が發した詔、特に天聖三年の詔が誘因となって、『廣記』は「學者の益にはならない」と見なされ、王應麟が自注で述べるところの「學者の急とする所に非ず」との異論が提出されるに至り、空白期間が生じたと結論した。

さらに、この結果は次のことをも裏附ける。詔が發せられた當時、文壇の中心であった「西崑體」は、李商隱の詩風をモデルにしており、いわゆる僻典を多用する點に特徴がある。それ故に、稗史や小說類の記事が收錄の對象となっている『廣記』が僻典を引こうとする文人の要求を滿たすものとして活用されていたであろうと考えられる。このような『廣記』の使われ方が可能であったのは、『廣記』の體裁が詩文作成のために、檢索するのに簡便であることを第一義に編纂されたからだと言えるだろう。

王應麟が自注で述べるところの異論が出された時期については、天聖六年頃より、遅くとも天聖年間のうちには提出されていたと指摘した。そして、『廣記』が世に廣まりはじめる時期については、蘇軾とその周邊および王闢之の文に、『廣記』に取材した記事が見られることから、元豐年間から元祐年間であると推定した。さらに、この時期には、『廣記』を讀み物として受容している例が見受けられることから、受容形態に變化が認められることも併せて示した。政府主導による『廣記』利用は、個人の詩文集に見られるよりも遲く、政和六年に刋行された『政和本草』にその形跡が窺えることについても指摘した。また、『政和本草』には、現行の『廣記』には見られないが、流傳の過程で佚したであろう記事が存在する點についても言及した。

南宋に入り紹興の和議（紹興十二年（一一四二））が成立し、政局が安定し始めた頃のこと、祕書省には『廣記』の版木および『廣記』自體が收められていたことが、『南宋館閣錄』の記錄に見られる。おそらく、これに符合して、紹興十四年以降、『廣記』の受容形態は、より廣がりを見せるだろうと推測するのだが、この問題については、次章以降で改めて論じたい。

注

（1）李昉「太平廣記表」「太平興國三年八月十三日。八月二十五日奉敕送史館。六年正月奉聖旨雕印板。」（『太平廣記』汪紹楹點校本、中華書局、二〇〇三）および『太平廣記會校』張國風會校本（北京燕山出版社、二〇一一）。

（2）王應麟『玉海』華文書局影印本（華文書局、一九六四）。

（3）富永一登氏は、『玉海』で王應麟が『宋會要』を引いて注した箇所の矛盾點を指摘し、「信用し難いところがある」として、蘇軾や袁文が『廣記』を讀んでいたことから、宋本『廣記』の存在の可能性を考察されている。（富永一登「太平廣記の諸本について」『廣島大學文學部紀要』五十九、一九九九年十二月）四二～六一頁。

（4）張國風『太平廣記版本考述』第一章第三節『太平廣記』在北宋的流傳（中華書局、二〇〇四）參照。
（5）この問題を論じた主な先行研究に以下のものがある。
① 姜光斗「『太平廣記』在北宋流傳的兩則記載」（『文獻季刊』第三期、二〇〇三年七月）二四四頁。
② 凌郁之「『太平廣記』的編刻・傳播及小說觀念」（『蘇州科技學院學報（社會科學版）』第二十二卷、第三期、二〇〇五年八月）七三～七七頁。
③ 牛景麗『太平廣記的傳播與影響』（南開大學出版社、二〇〇八）。
④ 成明明「兩宋『太平廣記』流傳與接受補證」（『文學遺產』第二期、二〇〇九年三月）一四四～一四七頁。
（6）竺沙雅章「『太平廣記』と宋代佛教史籍」（『汲古』第三十號、一九九六年十一月）四三～四七頁。
（7）前揭注（4）に同じ。
（8）前揭注（5）④に同じ。
（9）『大正新脩大藏經』第五十一卷、史傳部三『景德傳燈錄』（大正新脩大藏經刊行會、一九七三）。
（10）釋念常『佛祖歷代通載』卷九「宋景德中、吳僧道原集傳燈錄進于眞宗。敕翰林學士楊億（略）校勘。詔作序編入大藏頒行。」（宋の景德中、吳僧の道原は、『傳燈錄』を編集して眞宗に獻上した。（眞宗）は、翰林學士楊億に命じて（略）校勘させた。詔して序を作らせ『大藏（經）』に編入して頒行させた）。ちなみに、『大藏經』は、宋初の文化事業の一つとして編纂が行われた。太祖開寶四年（九七一）から蜀の益州（現四川省成都）で版木が彫られ、太平興國八年（九八三）に印刷されたのが始まりである。この時に刻されたものは、その年代から『開寶藏』（版刻された地に因んで『蜀藏』ともいう）と稱される。（來新夏等著『中國古代圖書事業史』上海人民出版社、一九九〇）參照。
（11）『酉陽雜俎』は、この記事を『朝野僉載』に據ったとしている。ただ、寶顏堂祕笈本『朝野僉載』には見えず、通行本『朝野僉載』では佚文として補遺に收錄されている。（唐宋史料筆記叢刊『朝野僉載』中華書局、二〇〇五）。
（12）『景德傳燈錄』に見える「謨執一短刀」の一文において、「執」の字は、『廣記』に一致せず、『酉陽雜俎』に一致する。ただ、ここの異同は、『廣記』に見える「志」の字に誤りがあると考えられる。張國風會校本は、『酉陽雜俎』に據って

「執」の字に改められている。

（13）前掲注（4）、第二章第二節、「現存『太平廣記』版本的掃描」參照。『廣記』諸本の系統について、詳細に考察した論考としては、屋敷信晴「『太平廣記』明野竹齋鈔本について――巻三「漢武帝」を中心に――」（『中國中世文學研究』四十九、二〇〇六年三月、三四～四七頁所收）、および、盧卓悟「中央研究院附屬圖書館所藏『太平廣記』の諸版本――傅斯年圖書館を中心に――」（『中國學研究論集』二十九、二〇一二年十二月。一～一六頁所收）の二本の論文があるので、參照されたい。『廣記』の主な諸本の系統を簡單に圖示すると、以下の通りである。

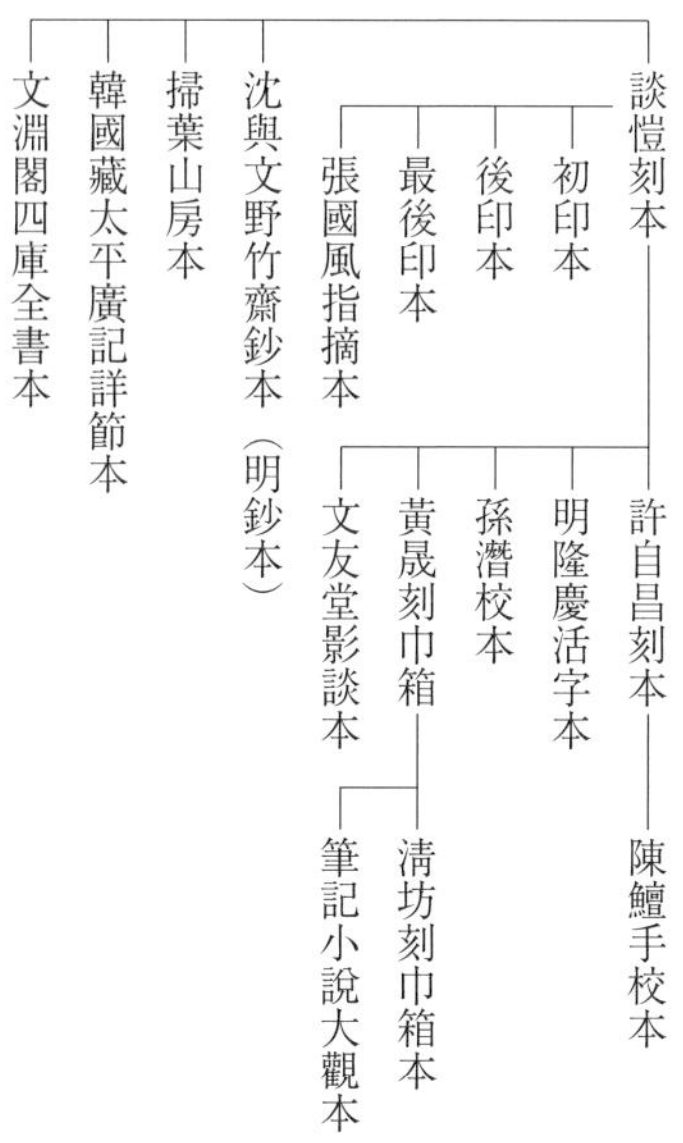

（14）前掲注（4）に同じ。

（15）李燾『續資治通鑑長編』巻三〇二「（元豐三年）己丑、高麗國謝恩兼進奉使柳洪・副使朴寅亮等百二十一人見於垂拱殿、賜物有差。」（中華書局、一九七九）。

(16) 徐松『宋會要輯稿』崇儒四之四（中華書局、二〇〇六）。ちなみに、仁宗の批答に對して國子監が出した覆奏の中で、問題のなかった『四時纂要』・『齊民要術』の印板については、天禧四年の時點ですでに校勘が行われ鏤板し、頒布されている。「天禧四年四月、利州轉運使李昉請、雕印『四時纂要』及『齊民要術』、付諸道勸農司提擧課。詔令館閣校勘、鏤板頒行。」（徐松『宋會要輯稿』崇儒四之四、中華書局、二〇〇六）。

(17) 「昭裔性好藏書、在成都令門人勾中正、孫逢吉書『文選』、『初學記』、『白氏六帖』鏤板、守素齎至中朝、行於世。大中祥符九年、子克勤上其板。」（『宋史』巻四七九、中華書局、一九九七）。

(18) 「鄂嘗倣唐李瀚『蒙求』・高測『韻對』爲『四庫韻對』四十卷、以獻。」（『宋史』巻四七九、中華書局、一九九七）。「乾德四年、陳鄂受詔編韻對、天禧五年鄂之孫僧溥上、雍熙召句中正等定正、景德四年頒行。」（『通雅』巻首二、景印文淵閣四庫全本、商務印書館、一九八三）。

(19) 「天聖七年五月己未朔、詔禮部貢擧、庚申詔曰、朕試天下之士、以言觀其趨向、而比來流風之敝、至於薈萃小説、磔裂前言、競爲浮誇靡蔓之文、無益治道、非所以望於諸生也。禮部其申飭學者、務明先聖之道、以稱朕意焉。」（李燾『續資治通鑑長編』巻一〇八、中華書局、一九七九）。

(20) 阮閱『詩話總龜』巻十一に引く『古今詩話』に據る。（周本淳校點『詩話總龜』人民文學出版社、一九八七）。

(21) 參軍戲については、岡本不二明『唐宋傳奇戲劇考』第二部、第一章、第一節「宋代の參軍戲」（汲古書院、二〇一一）に詳しい。

(22) 『楊文公談苑』「義山爲文、多簡閱書冊、左右鱗次、號獺祭魚。」（『楊文公談苑・倦遊雜錄』上海古籍出版社、一九九三）や、辛文房『唐才子傳』巻五「每屬綴、多檢閱書冊、左右鱗次、號獺祭魚。」（傅璇琮主編『唐才子傳校箋』中華書局、一九八七）に見える。

(23) 高橋和巳注『李商隱』、中國詩人選集十五（岩波書店、一九五八）參照。また、李商隱の典故の技法については、加固理一郎『李商隱詩文論』（研文出版、二〇一一）に詳しい。

(24) 歐陽脩『文忠集』巻四七、「與荊南樂秀才書」（吉林人民出版社、一九九七）。

(25) 阮閲『詩話總龜』後集巻十七、評史門（周本淳校點本、人民文學出版社、一九八七）。また、同時期の張邦基の著『墨莊漫錄』に、何遜の「詠早梅詩」が『初學記』に據って引かれている。この詩は、『初學記』巻二十八・梅第十に収められている（張邦基『墨莊漫錄』巻一、孔凡禮點校本、中華書局、二〇〇二）。

(26) 高承は、春申君が建てた倉を均輸と名附けたとする内容を『白氏六帖事類集』から引いている。このことは、『白氏六帖事類集』巻三・倉廩第二十二に見える（高承『事物紀原』巻一、利源調度部七、中華書局、一九八九）。

(27) 『四庫全書總目提要』巻一三五、子部四十五、類書類一（商務印書館、一九三三）。

(28) 前掲注（3）および（5）①・②、ならびに、吉井和夫「蘇東坡の祈雨と『太平廣記』」（『西山學報』四十四、京都西山短期大學、一九九六）五一～七〇頁。

(29) 『蘇軾全集校注』（河北人民出版社、二〇一〇）。

(30) 前掲注（28）（吉井、一九九六）參照。

(31) 李知縣（『東坡文集』では、「李知縣」を「李大夫」とする）に宛てた手紙は、建中靖國元年（一一〇一）五月に、蘇軾が嶺南流謫から許されて北に歸る途中に書かれたものである。

(32) 前掲注（3）に同じ。

(33) 『蘇軾全集校注』に據ると、元祐三年（一〇八八）二月二十一日の「二十一」は、汲古閣刋『東坡題跋』では「二十五」になり、傅藻『東坡紀年錄』では、「二月八日夜、會於伯時齋舍、書鬼仙詩」の記述が見られる。

(34) 「元祐三年二月二十一日領貢擧、辟李伯時爲考校官。」（『蘇軾文集』巻六十八、孔凡禮點校本、中華書局、一九八六）。

(35) 『蘇軾全集校注』に據ると、「余安道孫獻策」の「獻策」の語について、宋の蔡襄が書いた「工部尙書集賢院學士贈刑部尙書謚曰襄余公墓誌銘」（『端明集』巻四十、墓誌銘）に、余靖の男孫四人に關する記述が見られるが、獻策の名は見られず、四人とも「嗣」の字が附けられていることから（嗣恭・嗣昌・嗣隆・嗣徽）、獻策は余靖の外孫かもしれない、と注している。だが、『續資治通鑑長編』巻三百二十九に據ると、「（元豐五年八月）饒州景德鎭置瓷窯博易務、從宣義郎都提擧市易司勾當公事余堯臣請也」の記述がみられ、後掲注（36）に擧げた『續資治通鑑長編』の記事と考え合わせると、蘇軾がここで述べている饒州陶器の專賣法を進め、提擧司の職に就いたものの後に亡くなったのは、余堯臣であると推測される。因って、「獻策」の語について本章では「上の者に計畫・案などを申し述べる」の意に解釋する。余堯臣および瓷窯博易務に關して、曹新民氏は次のように指摘されている。「博易務是官辦的貿易機關。景德鎭的〝瓷窯博易務〞就是官方設立的專門管理陶瓷貿易機關。（略）景德鎭既然在元豐五年、也就是公元一〇八二年開始設立瓷窯博易務。說明景德鎭瓷業發展到神宗時代、已經是空前發達和繁榮、瓷器已成爲商業貿易的大宗產品、所以才有必要從一般的商業貿易和稅務機關中分離出來。單獨設立一個專司瓷窯貿易和稅收的行政機關――〝博易務〞。（略）（余堯臣）他是北宋有名的諫官余靖（字安道）的兒子。熙寧三年（公元一〇七〇年）、宰相王安石正大力推行青苗・均輸・市易・免役・農田水利等新政變法。余堯臣當時在王安石爲推行市易法而設立的機關――市易司中擔任勾當公事官。他向朝廷建議在景德鎭這個盛產瓷器的大窯場設置瓷窯博易務、以壟斷方式來管理瓷器的賣買。結合王安石變法中的市易法內容、可以了解到〝瓷窯博易務〞的職能就是對景德鎭的瓷器施行國家專賣法。（略）神宗皇帝批准了余堯臣的奏章、幷在元豐五年正式設立了博易務這個機構。但這種市易新法的擧措、同時也遭到了反對王安石變法的舊法黨人的反對、其中代表人物之一的蘇東坡就斥責余堯臣爲〝不肖子〞。」但し、曹新民氏は、余堯臣は余靖の息子と述べておられるが、余堯臣は余靖の子なのか、孫にあたるかの親族關係については未詳。（曹新民「瓷窯博易」、『陶瓷研究』第十九卷第三期、江西省陶瓷研究所・江西省陶瓷科技情報站、『陶瓷研究』雜誌社、二〇〇四）四一～四四頁。

(36) 李燾『續資治通鑑長編』卷三四〇「（元豐六年冬十月）甲戌。承事郎、監饒州商稅茶務、余舜臣言、臣兄堯臣獻饒州景德鎭瓷窯博易務、蒙朝廷付以使事、推行其法、方且就緒、以勤官而死。（甲戌。承事郎、監饒州商稅茶務の余舜臣言う。臣の兄堯臣は、饒州景德鎭瓷窯の博易務について獻策し、朝廷よりその職務を任ぜられ、（專賣）法を行うことを推進するが、まさに緖に就こうとしたときに、職務に精勵のあまり亡くなった）」（中華書局、一九七九）。

(37) 晁補之『雞肋集』卷三十三題跋「跋陳伯比所收顏魯公書後」の原文は次の通り。「顏公以耆老忠義、縊於賊手、世言、公尸解不死、開棺、肌肉如生、爪透手背。邢和璞聞而歎曰、此所謂形仙。後五百年、雖藏金石之中、猶當擘裂飛去。嘗憶太平廣記載。」（『濟北晁先生雞肋集』、商務印書館、一九二九）。

（38）『重修政和經史證類備用本草』（人民衛生出版社、一九五七）を使用した。
（39）渡邊幸三「唐愼微の經史證類備急本草の系統とその版本」（『東方學報』第二十一冊、京都大學人文科學研究所、一九五二）、一六〇～二〇六頁、および眞柳誠「中國本草と日本の受容」（『中國本草圖錄』九巻、中央公論社、一九九三）などがあり、本章でもこれを參考にした。
（40）前掲注（5）③、牛氏は、『廣記』巻四〇五、寶六・奇物「開元漁者」に、「青黛」の語が見えると指摘されているが、『政和本草』に採録されている文とは異なる。

第三章　變容する『太平廣記』の受容形態
――「類書」から「讀み物」へ――

いわゆる「類書」と呼ばれる書物は、文人の詩作の用に、あるいは科擧受驗の參考書として用いられてきた。『廣記』も例外ではなく、仁宗皇帝が發した天聖三年の詔が誘因となって「學者の益にはならない」と見なされ、一時期世に行われなくなる前までは、僻典を引こうとする文人らに活用されてきた。だが、一定の空白期間を經て再び用いられるようになると、詩文作成のために『廣記』を利用するという元來の用いられ方とは異なり、某記事は『廣記』に見えるといった記述が確認されるようになる。その文には、『廣記』に依據した引用記事は見られず、「(『廣記』を讀んでみると)何とかの話は、『廣記』に見られる」というような情報の記録として記述されているだけで、『廣記』の記事に見られる語句や文言を引くことによって、その語句や文言が持つ特定の人物や背景を示唆し、重層的なメッセージとして讀者に與えるといった典故の技法は見られない。

では、前章で確認した『廣記』を讀み物として利用している北宋後期のような例は、南宋期でも見受けられるのだろうか。これについては、南宋期における『廣記』の受容の實態を檢證する必要があるだろう。後述するように、南宋期に入ると、『廣記』に取材した書の數は、管見の限りでは六十八種と、北宋期に見られた十種に比べると飛躍的に增大する。北宋期において『廣記』が一時期世に行われていなかったことを勘案しても、南宋期に見られる『廣記』受容の增大はあまりに急激な動きだと言えるだろう。

ならば、『廣記』受容の擴大を促した要因は、何であったのだろうか。南宋期に入り、多くの書物が『廣記』に言及していることは、張國風氏をはじめとする、これまでの研究でも報告されてきた[1]。特に牛景麗氏の論考では、從來の研究で指摘されてきた書物に加えて、『廣記』の記事について記述している十九種の書物を新たに報告されている[2]。それでもなお、從來の研究と同樣に、『廣記』の記事がどの書物に引用されているかといった、『廣記』の受容狀況を指摘するに留まっており、南宋期において『廣記』が急速に受容されるに至った要因については、十分に議論がなされたとは言えない。

本章では、『廣記』の受容狀況を整理したうえで、受容擴大の要因を檢證していきたい。擴大要因には複數の要素が含まれると考えられるが、先ずは、『廣記』が受け入れられた文壇の土壤に焦點を絞って考察したい。

一、北宋末期から南宋初期における『太平廣記』の受容形態

具體的な檢證に入る前に、北宋末期から南宋初期にかけての『廣記』受容の狀況を確認しておきたい。南宋期は北宋期を承けているとはいえ、靖康二年の金軍の侵攻によって太淸樓・祕閣・三館の書物などが奪い去られており、南宋の祕閣は、在野の藏書を求めなければならない狀態であった。こうした環境のもと、『廣記』は、北宋末期から南宋初期にかけて途絶えることなく傳承されたのだろうか。

南宋が成立した建炎元年（一一二七）、『廣記』に關する記述が見られる。

張邦基『墨莊漫錄』巻二

建炎改元冬。予閑居揚州里廬、因閲太平廣記。毎遇予兄子章家夜集、談記中異事、以供笑語。

建炎改元年の冬のこと。私は揚州の自宅で暇にしていたので、『太平廣記』を讀んでいた。兄である子章の家での夜の集いのたびに、晩集まって、『廣記』に記されためずらしい變わった話を語っては、談笑するのである。

文中に見える「毎遇予兄子章家夜集、談記中異事」という一文は、晩に數人集って、珍しい話や不思議な話などを語る、あたかも「怪談會」のような形態であることは興味深く、語るその話の種本として『廣記』が利用されている點は注目に値する。實際、この記事の後半は、兄の子章の館にいた客が披露した話を記していることから、おそらく張邦基ら一家で、こうした會がたびたび催されていたのであろう。もしかすると、このような會のために『廣記』を入手したのかも知れない。

誰かの家に數人が集まり、珍しい話や不思議な話の據りどころとして『廣記』が用いられていたことは、張邦基ら一家に限られるのではない。すでに第二章第六節でも指摘した通り、北宋の蘇軾らのグループもこうした集まりを開いている。蘇軾は、李公麟を召して考校官につかせた日の晩に、黄庭堅・壽朋（未詳）・蔡肇の三人とともに李公麟宅に會し、神仙のことや幽靈、あるいは夢について、詩文を一巻に書き記している。その巻末には、『廣記』より引用した二句を蘇軾が載せている。(3)

このように、張邦基ら一家に見られた例のみならず、『廣記』を讀み物として受容している狀況が、小規模な内輪の間とはいえ、北宋後期あたりから確認される。あるグループで受容されるに至ると、その仲間内の誰かの手を經て他のグループへと傳播し、廣がりを見せるというのが、普及の構圖である。北宋を代表する詩人蘇軾らの周邊に受け入れられた『廣記』が、果たしてどのように傳えられていくのかを追いたい。

北宋後期から南宋初期の詩人である張嵲（一〇九六～一一四八）の詩に『廣記』を讀んだ形跡が見られる。

「讀太平廣記」三首（『紫微集』卷九）

禁苑茫茫盡日吹、桃紅李白祇青枝。唯餘阿醋偏驕妬、不畏封家十八姨。

庭園に風がはげしく一日中吹き荒れ、桃の花と李の花は（散り）青い枝ばかり。ただ阿醋だけは驕りたかぶり嫉妬し、封家十八姨を畏れない。

月下來過徵士門、可憐桃李盡能言。其如苦畏春風暴、可爲牆東植絳幡。

月あかりのもと 徵士の家にやって來て、憐れ桃の花と李の花はいずれもものを言うことができる。どうしようにもないことに春のはげしい風に苦しみ畏れている、庭の垣の東に旗立ててやった。

夢裏空驚歲月長、覺時追憶始堪傷。十年烜赫南柯守、竟日歡娛審雨堂。

夢の中で見た歲月がとても長いことに驚き、目覺めて思い出してはじめて悲しく思われる。十年もの赫々たる南柯の守、一日中審雨堂に樂しむ。

第一首と第二首は、處士の崔玄微が花の精を風神・十八姨の風災から守った、という話に基づいている。この話は、『廣記』巻四一六・草木十一に、『酉陽雜俎』及び『博異記』から採録され「崔玄微」と題して収められている。第三首は、淳于棼が夢で槐安國に行き二十年ものあいだ榮華を極めたが、夢から覺めると、その間のことは、蟻の國でのできごとだった、という「南柯の夢」の故事で知られている「淳于棼」（『廣記』巻四七五・昆蟲三）と、「淳于棼」の元とされている話「盧汾」（巻四七四・昆蟲二）に基づいている。

張嵲は、陳與義（一〇九一～一一三九）の表姪にあたり、若いころ、陳與義に學んだことがある。陳與義は、蘇軾や黄庭堅の影響を受け、詩の風格は異なるものの、江西詩派グループの三宗の一人に數えられると言われている。北宋後期から南宋初期における當時の文壇に影響を及ぼしていたのは、黄庭堅と陳師道・陳與義を祖とする江西詩派の詩風であった。張嵲自身は江西詩派に屬する詩人ではないが、その創作において、江西詩派に屬する詩人のうち、特に陳與義の影響を受けている[4]。おそらく、張嵲が『廣記』を讀み、詩を作るに至った遠因に、詩壇の中心であった江西詩派的な詩風が背景にあったものと思われる。では果たして、陳與義や陳師道は、實際に『廣記』を讀んだことがあるのだろうか。

張嵲が影響を受けたという陳與義に、次のような詩がある。

『簡齋集』巻七、「蠟梅」

智瓊額黄且勿誇、回眼視此風前葩。家家融蠟作杏蔕、歳歳逢梅是蠟花。（以下略）

ミカンよ、しばらく大きくならないでおくれ、振り返って風の前の花を見る。どの家でも蠟を融かして作った杏の蔕のような蠟梅が咲き、毎年出逢う梅は蠟梅の花。

陳與義がこの詩で用いている「智瓊額黃」の語は、『廣記』卷四十、神仙四十に收められている「巴邛人」の記事に見える。智瓊とは、濟北郡の官吏・弦超の夢に現れたのち弦超の妻となったという、姓は成公、字は智瓊という天上界の玉女のことを指す（『廣記』卷六十一・女仙六、「成公智瓊」、出典は『集仙錄』）。額黃は、額の生えぎわに黃粉を塗る化粧のひとつである。この「智瓊」と「額黃」の語が揃って用いられているのが『廣記』所收の「巴邛人」の記事である。「巴邛人」の話は、巴邛のある者の家でミカンを收穫したのだが、三・四斗の缶ほどの大きさがあるミカンが二つあった。その者は奇妙に思い、二つのミカンを剝いてみたところ、それぞれのミカンの中に二人の老翁がおり、賭け將棋をやっていた。賭けも終わり四人の老翁は口から出した龍に乘って行ってしまったという話である。その賭けていた品物の一つが「智瓊額黃十二枚」である。

この記事は、『玄怪錄』から採錄されて收められている。『玄怪錄』は、唐の牛僧孺による志怪傳奇小說集で、『新唐書』藝文志および『宋史』藝文志・『崇文總目』に十卷本として著錄されている。ただ、原書の一部は宋代すでに散佚し、現在傳わるのは、元・明の頃に刻された陳應翔刻本の四卷四十四作品と、『廣記』および宋・曾慥『類說』（『類說』では、『玄怪錄』の書名は『幽怪錄』になる）、ならびに『紺珠集』から佚文を集めたものである。「巴邛人」の記事は、その佚文の一つで『廣記』（『廣記』中での題は「巴邛人」になる）と、『類說』（『類說』中での題は、「橘中之樂不滅商山」になる）に見られる。しかし、『類說』の記事は節錄されており、「智瓊額黃十二枚」の語は見えない。從って、陳與義が見たのは、『廣記』所收の「巴邛人」であったと考えてよいであろう。

黃庭堅と共に江西詩派の祖とされる陳師道（一〇五三～一一〇一）は、黃庭堅に詩を學び、蘇軾の推薦で徐州教授に任ぜられている。陳師道の詩にも、『廣記』の記事に基づいた語が用いられている。

『後山集』巻八、「雙櫻」

竝蔕隨宜好、連心着（一作稱）意紅。只堪驚老眼、持此與誰同。

ひとつの蔕に花が竝んで咲くように二人の氣持ちは寄り添い、心を連ねれば蓮の花も紅くなる。ただ驚くは年老いた我が身、蓮の花を誰といっしょに持つのだろう。

『後山詩注』に據ると、（5）「連心」の語は、『廣記』巻六十五・女仙十の「趙旭」の記事に見られる仙女が詠った詩、「月露飄飄星漢斜、獨行窈窕浮雲車。仙郎獨邀青童君、結情羅帳連心花（月光の滴ひらひらと、天の川が斜めに空にかかっている、獨り行くは美しき仙女 浮雲の車に乘って。才子が求めるは青童君ただひとり、竝んで咲く花の連心花が描かれた薄絹のとばりで情を結ぶ）」に基づくとしている。

注者である任淵（一〇九〇～一一六四。字は子淵、蜀・新津の人）は、陳師道のみならず黄庭堅の詩にも注を施して『山谷詩集注』を著している。『山谷詩集注』は、鄱陽（現江西省鄱陽縣）の許尹によって紹興二十五年（一一五五）に印刷・刊行されている。（6）任淵注の特色は、一字一句の典故を擧げているだけでなく、四書五經の書物に加えて、佛典や道藏・小説雜書・醫書・地方志などの書物からも語句を博引していることである。（7）注釋をつけるために用いられた書物のひとつに『廣記』が使われている。例えば、任淵が「～のことは、廣記鬼詩に見える」といった注のつけ方をしている場合、すべて、『廣記』記事の「劉諷」（巻三二九・鬼十四）に見られる歌のことを指している。

これについては、江西詩派に屬する詩人王直方（一〇六九～一一〇九、字は立之、開封の人）がすでに述べているところである。

胡仔『漁隱叢話』前集、巻五十八

王直方詩話云、「明月淸風、良宵會同。星河易翻、歡娯不終。綠樽翠杓、爲君斟酌。今夕不飮、何時歡樂。」此廣記所載鬼詩也。山谷云、當是鬼中曹子建所作。翰林蘇公以爲然。

王直方詩話にいう、「月は明るく風は淸らかな氣持ちのよい夜に寄り集まった。天の川の位置はすぐ變わるが、樂しい時は終わらない。酒杯と酒器、あなたのために酒を注ぐ。今宵飮まなければ、いつ樂しもうか」と。この詩は、『廣記』に載せられている鬼詩である。黄庭堅が言うには、鬼の世界の曹植のような人が作ったものであろう、と。蘇軾もそうだと思っていた。

王直方がここで言っている鬼詩とは、「劉諷」の記事に見られる歌を指している。「劉諷」の話は以下のような内容である。唐の文明中（六八四年）、竟陵の掾史であった劉諷が、夷陵で宿泊していた晩、月の光が明るく寝付けずにいたときのこと。ふと、西の軒に數人の美しい娘らがやってきて庭で酒席を設けだした。娘らは、戯れ、詩を應酬したりしていた。彼女たちが詠い終わると、そこに、頭には角をはやし黄衣を着た雄々しくも威嚴ある者がやってきて、速やかに戻るよう告げた。下女が席を片付けていたその時、劉諷が大きなくしゃみをした。そのとたん、庭先では何もかもが消えてしまったという話である。鬼詩とは、娘らが詠った詩の一首である。王直方は續けて、「黄庭堅は、この鬼詩はてっきり曹植のような人が作ったものだと思っていた。蘇軾もそう考えていたようだ」と述べている。

これらのことから、黄庭堅が蘇軾とともに李公麟宅に會した折に、神仙のことや幽靈などについて詩文を書き記しただけでなく、黄庭堅自身も『廣記』を讀んで利用していたことが分かる。

さて、これまで、北宋後期に蘇軾とその周邊に受け入れられた『廣記』が、どのように南宋初期に傳えられていくのか、その過程を追ってきた。その結果、蘇軾の弟子である黄庭堅から、その亞流である江西詩派のグループへ受け繼がれてきた狀況が明らかとなった。張嵲が『廣記』の記事をもとに「讀太平廣記」三首を作った背景には、江西詩派に屬する詩人のなかでも、とりわけ陳與義の影響を受けたことがあったといえる。張嵲のこの詩は、『廣記』に收錄されている話を踏まえているものの、そこに格調高い表現や含意といったものは見いだせず、非常に表層的な描寫でしかない。しかし、この詩は、詩題に見られるように、本來詩文作成の參考書として編纂された『廣記』を讀み物として受容している點に意義がある。これまでに見てきた『廣記』の流傳狀況から、北宋後期から南宋初期にかけて、『廣記』が大いに世に流布していたとは考えがたいことから、この時期では、『廣記』を讀んだという詩を作ること自體に新奇な趣向が見てとれよう。

このように、北宋後期において認められた『廣記』を讀み物として受容している狀況が、南宋初期でも確認できることから、北宋後期だけに限られた異例の現象ではないということを示していると言えるだろう。のみならず、『廣記』の使用目的が、詩文作成のために『廣記』を利用するといった使われ方から、讀み物としての用途へと確實に變容しつつあることを裏附ける例證にもなり得るだろう。

二、南宋中後期における『廣記』の受容——人的つながりの中で——

では、南宋に入ると、『廣記』の詩文作成のために利用するといった使われ方は後退するのだろうか。まずは、南宋期における『廣記』の受容の状況を把握するために、『廣記』に言及した書物を一覧表にまとめた（第四章末尾一一〇頁に〈『廣記』に取材した南宋期の書物一覧表〉として掲載）。

南宋期で、『廣記』に言及した書物は、管見の及ぶ限りでは、六十八種見られた。北宋期では、『廣記』に取材した書物は十種見られたが、南宋に入るとさらに廣がりを見せ、その數は六倍に達する。數字の上からも『廣記』がいかに普及していったかが窺えよう。

一覽表の記述形式に示したように、「何とかの話は、『廣記』に載せられている」という、情報の記錄として記述されている例が、ほぼ全般を占める。例外的に、詩の注釋書や類書類の書物、佛敎史書が『廣記』の記事を採取しているものの、詩文作成のために『廣記』を利用している例は、陳與義が『廣記』に收められている「巴邛人」の記事に基づいて「蠟梅」を詠んだ、この一例のみが確認されたに過ぎない。これらの實態から、南宋期に入ると、『廣記』に言及した書物が增加する一方で、詩文の典故として『廣記』が使われる例はほとんど見られなくなり、『廣記』が讀み物として受容され、急速に普及・擴大している狀況がわかる。

南宋期において、『廣記』に言及した書物が多く散見されることは、これまでにも報告されているので、[8]ここでは、『廣記』がどのように讀まれていたのか、『廣記』に觸れている書物の中から、特に、洪邁と陸游及びその周邊を取りあげて檢證していくことにする。

洪邁（一一二三～一二〇二）は、志怪小說集『夷堅志』や、隨筆集『容齋隨筆』を著したことで名高い。洪邁が著した『夷堅志』が當時大流行したことは、洪邁自身が夷堅乙志の序文で「夷堅初志成、士大夫或傳之、今鏤板於閩、於蜀、於婺、於臨安、蓋家有其書。（夷堅初志〔夷堅甲志〕ができあがり、士大夫らがこれを傳え、今は閩〔現福建省〕において、蜀〔現四川省〕において、婺〔現浙江省〕において、臨安〔現浙江省〕において板木を刻し、おそらくどの家にもその書があるだろう）」と記している通りである。『夷堅志』には、洪邁が見聞きしたという神仙のことや怪異、異事・異聞などといった話柄が書き記されている。そして、その話の材料に資するべき書物として、洪邁は『廣記』を擧げている。

『夷堅志』、夷堅支癸序

劉向父子彙群書『七略』、班孟堅采以爲『藝文志』、其小說類、定著十五家、自『黃帝』・『天乙』・『伊尹』・『鬻子說』・『青史』・『務成子』咸在。蓋以迂誕淺薄、假託聖賢、故卑其書。最後虞『周說』九百四十五篇、出於稗官、街談巷語、道聽塗說者之所造。當武帝世、以方士侍郎稱黃車使者、張子平《ママ》實書之『西京賦』中。噫、今亡矣。『唐史』所標百餘家、六百三十五卷、班班其傳、整齊可翫者、若牛奇章、李復言之『玄怪』、陳翰之『異聞』、胡璩之『談賓』、溫庭筠之『乾𦠆』、段成式之『酉陽雜俎』、張讀之『宣室志』、盧子之『逸史』、薛渙《ママ》思之『河東記』耳、餘多不足讀。然探賾幽隱、可資談暇、『太平廣記』率取之不棄也。

劉向父子〔劉向・劉歆父子〕は、さまざまな多くの書物を『七略』に集め、班孟堅〔班固〕は、それに基づいて『藝文志』を成し、その小說類は定めて十五家を著わし、『黃帝說』・『天乙』・『伊尹說』・『鬻子說』・『青史』・『務成子』から皆ある。おそらく、現實とかけ離れたでたらめで深みのない、聖賢にことよせたものだろう、という理由でこれらの書物を卑しめている。最後の虞〔虞初〕『周說』九百四十五篇は、稗官から出たものであり、街や巷で聽いたことを道ばたで傳え話すような者が造ったものである。武帝の時代に、方士侍郎は黃車使者と稱された人であって、張平子〔張衡〕は本當にこのことを「西京賦」の中で書いているのだ。嗚呼、今は亡んでしまった。『唐史』〔『新唐書』藝文志〕が標す百餘家、六百三十五卷は、脈々とそれらは傳えられた。整いそろえて見るべきものは、牛奇章・李復言の『玄怪錄』〔牛僧孺の『玄怪錄』と李復言の『續玄怪錄』〕、陳翰の『異聞集』、胡璩の『談賓錄』、溫庭筠の『乾𦠆子』、段成式の『酉陽雜俎』、張讀の『宣室志』、盧子の『逸史』、薛渙思〔薛漁思〕の『河東記』のような〔九種〕だけで、そのほかのものは讀んで滿足しないことが多い。けれども、はっきりとしない奥深く隱れたものを採り、むだ話や雜談の材料に資するべきは、『太平廣記』はほとんどこれを採取して捨てていないのだ。

この序文で、『新唐書』藝文志に著錄されている百家ほどの小說類の書物のうち、見るに値するものとして洪邁が記しているのは、わずか九家だけで、讀み應えのある書物の少ないことを嘆いている。だが、『廣記』には、そのほかの讀むに足らない內容のものまですべてが採取されており、むだ話や雜談の材料に役立つ內容が多く收錄されている、と記している。洪邁が述べているように、傳統的な概念では、小說は巷で語られるような瑣末な話であり、觀るべきものからはずされてきた。しかし、こうした內容を多く記した『夷堅志』が、「どの家にもある」ほどに好評を博し、士大夫層に支持されていたという實態は、神仙のことや怪異、異事・異聞などについて記した書物がいかに希求されていたかを示している。

因みに、『夷堅志』の初卷である夷堅甲志がいつごろ書かれたのかについては、「夷堅甲志序」が今では佚しているので、その詳細は分からない。だが、紹熙五年（一一九四）に書かれた「夷堅支甲序」に「『夷堅』之書成、其志十、其卷二百、其事二千七百有九。蓋始末凡五十二年。（『夷堅』の書ができあがり、その志は十、その卷は二百、そのことは二千七百九〔になり〕、始めから終わりまでおよそ五十二年かかったようだ）」とあることから、紹興十二年（一一四二）ごろから、洪邁は『夷堅志』の執筆に取りかかったと推定されている。(9) 從って、『夷堅志』

が書かれた當初から、傳統的な概念では觀るべきものからはずされてきた內容の記事が容認され、支持されていたことが窺える。

以上の狀況から、神仙のことや怪異、異事・異聞などの內容を收錄の對象としている『廣記』が、『夷堅志』に先行する讀み物として、廣く文人らに受け入れられていたと推測することができる。

洪邁は、『夷堅志』で『廣記』に言及しているほか、『容齋隨筆』五筆卷四でも、「成公智瓊」の記事が『廣記』に見られると（『廣記』卷六十一・女仙六）述べている。

洪邁と關係のある者では、洪邁の兄で金石學者として有名な洪适（一一一七～一一八四）にも、『廣記』を讀んだ形跡が認められる。

『盤洲文集』卷四、「還李擧之太平廣記」

稗官九百起虞初、過眼寧論所失誣。午枕黑甜君所賜、持還深愧一瓻無。

小說九百篇は、もとは虞初からはじまり、さっと目を通して、內容が間違っていることは問題にしない。氣持ちよくお晝寢できたのは、あなたのおかげ、恥じ入るのは返すのに一瓶酒がないことを。

この詩で洪适は、李擧之から本を借りたものの、返す時に禮として渡す酒がないことを恥じている。その借りた本が『廣記』であったという。李擧之がいかなる人物かの詳細は分からないが、洪适とは詩を何度か應酬していることから、親密な關係にあったことが分かる。このことは、仲間內で『廣記』の貸し借りが實際に行われていたことを示しており、『廣記』流傳のプロセスの一端がうかがわれる。

『盤洲文集』には、周必大（一一二六～一二〇四、字は子充、廬陵の人）による神道碑が附されており、洪适と周必大が交流關係にあったことが窺える。周必大の作品は、彼の死後、息子の綸によって『周益文忠公集』にまとめられている。修訂は息子の綸が自分自身で行っており、その際に『廣記』を用いている。息子の綸は、周必大が『劇談錄』に見える「玉蘂院女仙」という記事を考證した「唐昌玉蘂辨證」に注をつけており、「『太平廣記』及『雞跖集』所載皆本于此。（『太平廣記』及び『雞跖集』に載せられているものは、みな元々ここ（『劇談錄』）に基づく）」と、『廣記』に觸れている。[10]確かに、この話は『廣記』卷六十九・女仙十四に、「玉蘂院女仙」と題して『劇談錄』から採錄されていることから、息子の綸は、『廣記』を讀んでいたことがわかる。この『周益文忠公集』の序文は、陸游が開禧元年（一二〇五）に書いており、周必大父子と陸游が交流關係にあったことが窺える。

續けて、南宋を代表する詩人と稱される陸游（一一二五～一二一〇、字は務觀、號は放翁。越州山陰〔現浙江省紹興市〕の人）と、その周邊を見ていくことにする。

陸游が『廣記』を讀んでいたことは、その著『老學庵筆記』に見える。陸游は、「予讀太平廣記三百四十卷、有盧頊傳云、是夕冬至除夜。乃知唐人冬至前一日、亦謂之除夜。（私が『太平廣記』を讀むと、三百四十卷に收められている盧頊傳では「是の夕、冬至の除夜なり」と言っている。そこでやっと唐人は冬至の前日を除夜と謂っていたことがわかる）」と記しており、確かに、『廣記』卷三四〇・鬼二十五には、「盧頊」と題された話が採錄されている。このことは、陸游が『廣記』を讀んでいなければ知り得ないことである。

陸游と關わりのある者では、陸游の甥にあたる桑世昌（生沒年不詳。淮海〔現江蘇省揚州〕の人）の文にも、『廣記』を讀んだ形跡が窺える。桑世昌は、王羲之と蘭亭序について論じた『蘭亭考』を著している。その中で（『蘭亭考』卷八）、『廣記』が『法書要錄』から採取した記事を（『廣記』卷二〇八、書三「購蘭亭序」）、「太平廣記に載る」の形式で引用していることから、桑世昌が『法書要録』に據らず、資料を『廣記』に求めたことが分かる。

桑世昌以外に陸游と關係のある者では、施宿（一一六四～一二二二、字は武子、長興〈現浙江省湖州〉の人）に『廣記』を讀んだ形跡が窺える。陸游は、施宿が編纂した『嘉泰會稽志』のために序を書いている。『嘉泰會稽志』は、會稽（紹興府、現浙江省紹興）地域の沿革や地理・風俗、人物・事件などを記した地方志で、主編纂官が施宿である。陸游の長子・陸子虡も編纂者のひとりである。この『嘉泰會稽志』には、陸游が序を書いているだけでなく、『廣記』記事が三條引かれている。一つは、巻十八・拾遺に收められている王羲之の子で書家の王獻之の話（『廣記』巻二〇七・書二「王獻之」。出典は『圖書會粹』）、それから同じく巻十八に見える天台僧・智者禪師（智顗）の庭の池にいたワニの話（『廣記』巻九十八・異僧十二「智者禪師」。出典は『朝野僉載』）、さらに、巻十九・雜記に採られている唐代隨一の笛の名手・李謨にまつわる話（『廣記』巻二〇四、樂二「李謨」）の三條である。陸游は、施宿ばかりでなく、施宿の父・施元之（字は徳初、吳興〈現浙江省湖州〉の人）が著した『注東坡先生詩』(11)にも序文を書いており、陸游と施宿父子は、交流關係にあったことが分かる。

小　結

以上、南宋期において『廣記』が廣く受け入れられた要因を探るために、北宋末から南宋にかけて『廣記』がどのように受容されていたかについて確認してきた。その結果、洪邁の著『夷堅志』が士大夫の間で相當の支持を得ていたことから、怪異や異事などの内容を記した書物が文人らに求められていたと推測することができる。

そうであるならば、傳統的な概念では觀るべきものからはずされてきたような內容を記した書物を求める風潮が、『夷堅志』が世に行われた當時から士大夫層の土壤にあったと言え、こうした環境こそが、『廣記』が讀み物として廣く受容された一つの要因であったと考えられる。洪适の場合は、仲間內で『廣記』の貸し借りが行われていた實態が認められた。親交のある者を通して影響を受けている狀況は、すでに見てきた蘇軾からその弟子である黄庭堅へ、そして黄庭堅から江西詩派のグループへ受け繼がれてきた樣相に類似する。こうした人的つながりの中で、『廣記』が讀み物として受容されている現象は、陸游とその周邊でも認められた。とりわけ、陸游と交流のあった施宿が地方志『嘉泰會稽志』編纂時に、『廣記』の記事を採取していることは、興味深い問題である。つまりこのことは、各地方に『廣記』が廣がりはじめていることを示していると推測されるわけだが、これについては、次章で檢證していきたい。

注

（1）この問題を論じた主な先行研究に以下のものがある。
① 姜光斗「『太平廣記』在北宋流傳的兩則記載」（『文獻季刊』第三期、二〇〇三年七月）二四四頁。
② 張國風『太平廣記版本考述』第一章第三節『太平廣記』在北宋的流傳（中華書局、二〇〇四）。
③ 凌郁之「『太平廣記』的編刻・傳播及小說觀念」（『蘇州科技學院學報（社會科學版）』第二十二卷、第三期、二〇〇五年八月）七三～七七頁。
④ 牛景麗『太平廣記的傳播與影響』（南開大學出版社、二〇〇八）。
⑤ 成明明「兩宋『太平廣記』流傳與接受補證」（『文學遺產』第二期、二〇〇九年三月）一四四～一四七頁。

（2）前揭注（1）―④、新たに報告された十九種の書物は、『紺珠集』・『海錄碎事』・『山谷集詩注』・『爾雅翼』・『九家集注杜詩』・『錦繡萬花谷』・『醫説』・『五百家注昌黎文集』・『嘉泰會稽志』・『揮麈錄』・『密齋筆記』・『方輿勝覽』・『古今事文類聚』・『全芳備祖集』・『古今合璧事類備要』・『景定建康志』・『困學紀聞』・『夢粱錄』・『李太白集分類補註』である。以上の十九種の書物を含めて、これまでに指摘されてきたのは、合計四十七種になる。本章では、新たに二十一種をこれに加えて、合計六十八種の書物（第四章末尾一一〇頁に掲載の〈『廣記』に取材した南宋期の書物一覧表〉參照）を報告する。

（3）蘇軾は、『廣記』に採錄されている「崔書生」（卷三三九、鬼二十四）に見える「芫花半落、松風晩清（芫花半ば落ち、松風晩に清し）」の二句を特に好み、その錄した卷末に二句を附記した、とある。『蘇軾全集校注』に據ると、元祐三年（一〇八八）二月二十一日の「二十一」は、汲古閣刊『東坡題跋』では「二十五」になり、傅藻『東坡紀年錄』では、「二月八日夜、會於伯時齋舍、書鬼仙詩」の記述が見られる（『蘇軾全集校注』、河北人民出版社、二〇一〇）。

（4）『四庫全書總目提要』卷一五六の『紫微集』に「嵲爲陳與義之表姪、少時嘗從受學」とある（商務印書館、一九三三）。

（5）『後山詩注』卷十「太平廣記。趙旭幽居廣陵。有一女呼青夫人。扣柱歌曰、仙郎獨邀青童會、結情羅帳連心花。」（『後山詩注補箋』、中華書局、一九九五）。

（6）任淵『山谷詩集注』序「紹興乙亥冬十二月、鄱陽許尹謹敍」（上海古籍出版社、二〇〇三）。

（7）張承鳳「論任淵及其『山谷詩集注』」（『文學遺產』第四期、二〇〇五）六三〜七一頁。

（8）前揭注（2）に同じ。

（9）岡本不二明『中國近世文言小説論考』（岡山大學文學部研究叢書、一九九五）參照。

（10）『文忠集』卷一八四、「唐昌玉蘂花」、「『太平廣記』及『雞跖集』所載皆本于此。」（商務印書館、一九七一）。

（11）陳振孫『直齋書錄解題』卷二十、詩集類下の『注東坡先生詩』に「陸放翁爲作序」とある（上海古籍出版社、一九八七）。

第四章　南宋兩浙地域における『太平廣記』の普及

南宋期に入ると、『廣記』に言及した書物が増加する一方で、詩文の典故として『廣記』が使われる例は、ほとんど見られなくなり、『廣記』が讀み物として受容され、急速に普及・擴大している狀況が窺えた。

前章では、『廣記』受容の擴大を促した要因を當時の文壇の土壤に求め、北宋末から南宋にかけて『廣記』がどのように受容されていたのかを確認しながら、洪邁・洪适・周必大・陸游・施宿らを取りあげ、人的つながりの中で『廣記』が受容されている現象を示した。とりわけ、洪邁の著『夷堅志』が世に行われた當時（紹興十二年（一一四二）頃）から、怪異や異事などの內容を記した書物を求める風潮が士大夫層の土壤にあり、こうした環境こそが、『廣記』が廣く受容された一つの要因であっただろうと指摘した。

ただ、このような環境的な狀況だけに『廣記』受容の擴大要因を求めるべきではない。そこで本章では、前章で得られた結果を踏まえながら、より直接的な原因として想定し得る要素を探ってみたい。

一、南宋期における刊刻事業を行っていた地域と『廣記』流傳の關係

南宋期において『廣記』に言及した書物は多く見られるが、中でも、地方志が『廣記』に取材していることは、

北宋期では見られなかった新たな動きである。

地方志は、ある地域の沿革・地理・風俗・人物などを記した地理書である。南宋期に多くの地方志が編まれたのには、主に二つの要因があるとされる。[1] 一つは、北宋と異なって、南宋では金の征服により華北地域を失っていることから統治支配が華南地域に偏在しており、地方行政と中央行政の地理的距離が比較的近いため、中國全土を對象とする總志よりも、地域に卽した地方志が多く作られるようになったこと、もう一つは、北宋末期に起きた方臘の亂（一一二〇～一一二二）や金軍の侵攻により、多くの資料が失われたために、在野に所藏されている資料を求める必要が高まったことに因る。こうした地域に卽した地方志に『廣記』が用いられていることは、『廣記』が中央だけでなく、地方にまでも廣まりつつあることを物語っている。

『廣記』に取材した南宋期の地方志には、前章で示した施宿『嘉泰會稽志』のほかに、羅願『新安志』・談鑰『嘉泰吳興志』・盧憲『嘉定鎭江志』・羅濬『寶慶四明志』・周應合『景定建康志』の五種が見られ、さらに、總志である祝穆『方輿勝覽』にも、『廣記』が用いられている〈表1〉。それぞれが對象としている地域を見てみると、兩浙西路・兩浙東路・江南東路の三路にわたっており、首都・臨安府のみならず、『廣記』が地方にまで普及している様子が見てとれよう。

〈表１〉

<table>
<tr><th>書　名</th><th>地方志の地域</th><th>該當箇所</th><th>『廣記』での該當箇所</th></tr>
<tr><td>新安志</td><td>徽州（現安徽省徽州）</td><td>巻第10</td><td>巻192、驍勇二「汪節」</td></tr>
<tr><td>會稽志</td><td>會稽（紹興府、現浙江省紹興）</td><td>巻19</td><td>巻204、樂二、笛「李謩」</td></tr>
<tr><td>嘉泰呉興志</td><td>湖州（現浙江省湖州）</td><td>巻17、郡守</td><td>巻５、神仙五「沈羲」</td></tr>
<tr><td rowspan="11">嘉定鎮江志</td><td rowspan="11">鎮江府（現江蘇省鎮江）</td><td rowspan="2">巻６、地理</td><td>巻202、高逸「陶弘景」</td></tr>
<tr><td>巻399、水「零水」</td></tr>
<tr><td>巻11、古跡</td><td>巻161、感應一「南徐士人」</td></tr>
<tr><td rowspan="2">巻14、刺守</td><td>巻27、神仙二十七「唐若山」</td></tr>
<tr><td>巻495、雜錄「潤州樓」</td></tr>
<tr><td rowspan="2">巻17、丹徒縣令</td><td>巻380、再生六「金壇王丞」</td></tr>
<tr><td>巻149、定數四「韋泛」</td></tr>
<tr><td>巻20、釋</td><td>巻23、神仙二十三「王遠知」</td></tr>
<tr><td>巻21、天文</td><td>巻137、徵應三「張子良」</td></tr>
<tr><td rowspan="2">巻22、雜錄</td><td>巻211、畫二「張僧繇」</td></tr>
<tr><td>巻474、昆蟲二「主簿蟲」</td></tr>
<tr><td>寶慶四明志</td><td>慶元府（現浙江省寧波）</td><td>巻第４、敘山</td><td>巻60、女仙五「樊夫人」</td></tr>
<tr><td>景定建康志</td><td>建康府（現江蘇省南京）</td><td colspan="2">巻33、文籍志一（建康府が所藏する藏書目錄に『廣記』の書名が見える）</td></tr>
<tr><td rowspan="4">方輿勝覽</td><td rowspan="4">臨安府（現浙江省杭州）</td><td>巻３</td><td>巻423、龍六「虎頭骨」</td></tr>
<tr><td>巻39</td><td>巻399、井「綠珠井」</td></tr>
<tr><td>巻44</td><td>現行『廣記』には見えない</td></tr>
<tr><td>巻60</td><td>巻138、徵應四「馬植」</td></tr>
</table>

(1) 刊刻事業を行っていた地域

ところで、『廣記』の存在やその內容が廣く知られるようになった背景には、出版による傳播という要素があることは言うまでもない。そして、テキストが廣く普及するには、宋代以降であれば、木版印刷術が重要な要件となり得るだろう。では、南宋期に刊刻事業を擔っていた地域という側面から見た場合、その分布に傾向性が存在するのであろうか。

次に掲げる〈表2〉は、南宋期に刊刻事業を行っていた地域の一覽である。(2) 一覽表に示した通り、南宋期に印刷を行っていた主な地域は、浙江・福建・四川・江西地區と各地方に分布している。上述の地方志が對象としている地域には、「＊」印をつけてあらわした（▲印については後述する）。

「＊」印をつけた、その該當地區に目をやると、首都圈（臨安府）を中心に近郊都市に集中していることが分かる。すなわち、この實態は、印刷事業が行われていた地域で、とりわけ兩浙地域で『廣記』の受容が見られることを示唆すると考えられる。もっとも、現存する宋代の地方志の七割が兩浙地域のものである以上、(3) 兩浙地域に多くの例が認められるのは當然とも言えるが、それ以外の地域では江南東路のみということは、やはり注目に値するであろう。

〈表2〉

路　名	刻書地域 I
兩浙東路	＊▲紹興府(▲越州)　會稽　嵊縣　余姚 ＊慶元府　鄞縣　象山 溫州　瑞安　永嘉 臺州　黄岩　天台 ▲婺州　東陽　義烏　永康　蘭溪 衢州　開化 處州
兩浙西路	＊▲臨安府　錢塘　餘杭　新城　鹽官　昌化 嘉興府　崇德　桐鄉　華亭 平江府　長洲　呉江　常熟　崑山 ＊鎮江府　丹陽　常州　無錫　宜興 建德府　▲嚴州　桐廬 湖州　武康 江陰軍
江南東路	＊▲建康府　溧水　溧陽 廣德軍 寧國府　宣城 太平州　當涂 池州 ＊▲徽州　婺源 饒州　鄱陽　德興　安仁 信州　上饒 南康軍
江南西路	隆興府 興國軍 江州　瑞昌 瑞州(筠州)　高安 袁州　萍鄉 臨江軍　新喩　▲贛州 撫州　臨川 ▲吉州　安福 建昌軍　南豐 南安軍　大庾

路　名	刻 書 地 域 Ⅲ
成都府路	綿州 ▲成都府　廣都 邛州 陽安 ▲眉山　青神 嘉定府　犍爲
潼川府路	潼川府(梓州) 遂寧府 銅梁 資州
夔州府路	夔州 忠州 南平軍
利州路	平昌
福建路	建寧府　▲建安　▲建陽(嘉禾)　崇安 福州　侯官　懷安　永福　福清 南劍州 邵武軍 汀州　寧化 漳州　龍溪 泉州　晉江　南安　同安　安溪 興化軍　莆田
廣南東路	連山 廣州　懷集 肇慶府 潮州　潮陽 惠州　博羅
廣南西路	靜江府(桂林) 柳州 象州 瓊州

路　名	刻 書 地 域 Ⅱ
淮南東路	楚州　山陽 淮安軍 高郵軍 盱眙軍 滁州 眞州 揚州 泰州
淮南西路	光州 廬州　舒城 黄州 灊山 和州 無爲軍 蘄州　羅田 安慶府
荊湖北路	德安府　安陸 復州 荊門軍 歸州　巴東 江陵府 岳州 武昌(鄂州)　崇陽 澧州 沅州
荊湖南路	武陵 潭州(長沙)　湘陰　瀏陽 邵陽 武岡軍 永州(零陵) 衡州 茶陵軍 全州 道州 桂陽軍 郴州
京西南路	襄陽府 郢州

(2) 文人の私刻

次に、『廣記』の記事に言及している書物は、地方志のほかに、文人個人の書物にもその形跡が窺えることに着目したい。本節では、すでに第三章で檢證した、洪邁『夷堅志』・『容齋隨筆』、洪适『盤洲文集』、周必大『周益文忠公集』、陸游『老學庵筆記』を取りあげる。ここで注目すべきは、これらの書物は、地方志と同様に『廣記』の記事に言及しているというだけでなく、その多くが兩浙地域で印刷・出版が行われていたという點である。これら『廣記』に觸れている書物を含めて、彼らの印刷・出版狀況をしばし追いたい。

まず、洪邁の著『夷堅志』は、各巻の成立時期は異なり、できたものから出版されていたようで、洪邁は、『夷堅志』の夷堅乙志序で夷堅甲志の刻版の經緯について、「夷堅初志成、士大夫或傳之、今鏤板於閩、於蜀、於婺、於臨安、蓋家有其書。（夷堅初志〔夷堅甲志〕ができあがり、士大夫らがこれを傳え、今は閩〔現福建省〕において、蜀〔現四川省〕において、婺〔現浙江省〕において、臨安〔現浙江省〕において板木が刻され、おそらくどの家にもその書があるだろう）」と、述べている。このように、『夷堅志』には多くの刻本があり、『夷堅志』執筆中からすでに人氣を博し、各地で廣く普及していたようである。さらに洪邁は、同じく夷堅乙志の序文で、「（乾道）八年夏五月。以會稽本別刻於贛。去五事。易二事。其它亦頗有改定處。淳熙七年七月又刻於建安。（八年〔一一七二〕夏五月。會稽本を底本として校訂を行い贛州で刋刻した。五項目を除いて、二項目を換えた。その他にもずいぶんと修正するところがあった。淳熙七年〔一一八〇〕七月にまた〔夷堅乙志を〕建安で刻した）」と、自分で二度刋刻したと記している。(4) この記述から、洪邁は知贛州の職にあった乾道八年に贛州で一度印刷し、淳熙七年には知建寧在任中に建安で二度目の印刷をしていることが分かる。(5)

また、隨筆集『容齋隨筆』は、淳熙七年に婺州で刻されている。ただ、淳熙七年秋には知建寧の職を辭めており、[6]『容齋隨筆』巻一の序文で「予老去習懶。（私は年老いて無精に慣れてしまった）」と述べていることから、もしかすると、『容齋隨筆』については、在任中に印刷を行ったのではないかも知れない。

洪适の『盤洲文集』には、周必大による神道碑が附されており、その中で周必大は、「其論著爲四方傳誦、有盤洲文集八十巻（その論著は各地で傳誦された、盤洲文集八十巻が有る）」と記しており、陳振孫の『直齋書錄解題』でも八十巻本として著錄されていることから、南宋當時から大いに世に行われたものであることが分かる。[7]洪适自身がこれを刻したのかは分からないが、明末清初の藏書家・毛晉の書庫である汲古閣に宋刻本を寫したものが所藏されていた。[8]また、清末から民國初期にかけての藏書家・傅增湘の藏書目錄『藏園群書經眼錄』には、八十巻・宋蜀中刊本と著錄されており、[9]現在に傳わる。

洪适自身が印刷した書物としては、知紹興府在任中の乾道三年（一一六七）に自身の著である『隸釋』を越州で刻版している。[10]その他では、紹興二十九年から三年間（一一五九～一一六二）知徽州の職にあったころ、父・洪皓の遺稿を集めて十巻とし『鄱陽集』を出版している。[11]また、同じく父の著である『松漠紀聞』を、洪适は正と副に分けて、正を徽州の歙縣で刻版し、さらに知紹興府の時（一一六六～一一六八）に、越州（紹興府）でも版刻している。副のほうは、弟の遵が建康（現江蘇省南京）に知事として來たときに、建康府で刻版したという。[12]

周必大も自分で印刷・出版をしていた文人の一人で、『歐陽文忠公集』と『文苑英華』を刊行している。だが、周必大の場合は、洪邁や洪适と異なり、在任中に印刷を行っていたわけではなく、丞相の職を解かれたのち私的に刊刻していたようだ。[13]『文苑英華』は、『太平御覽』および『廣記』の編纂官でもあった李昉・扈蒙・徐鉉らが太宗の敕命を奉じて、太平興國七年（九八二）から雍熙四年（九八七）にかけて編纂したもので、全一千巻のアンソロジーである。『宋會要輯稿』の記録に據ると、[14] 眞宗・景德四年（一〇〇七）に、李善注『文選』とともに『文苑英華』の校定作業が行われて印刷・刊行されたのだが、しばらくして、王宮の失火により、『文選』と『文苑英華』の二書とも板木が燃えてしまったようだ。この記載以降、周必大が刊刻するまで、『文苑英華』が刊行された記録は見られない。周必大は、「文苑英華序」で『文苑英華』を刊刻した理由を以下のように記している。[15]「詔修三大書、曰『太平御覽』、曰『册府元龜』、曰『文苑英華』、各一千卷。今二書閩・蜀已刊、惟『文苑英華』、士大夫家絶無而僅有。（詔して三大書を修めさせた、一つは『太平御覽』といい、一つは『册府元龜』といい、一つは『文苑英華』という、各々一千卷である。現在、『太平御覽』と『册府元龜』の二書は閩（福建）と蜀（四川）ですでに刊行されているが、ただ『文苑英華』だけは、士大夫の家にほとんど存在しない）」として、胡柯（生没年不詳。字は伯信、吉州の人）と彭叔夏（生没年不詳。字は清卿、廬陵の人）と共に校勘を行って、嘉泰元年（一二〇一）から四年（一二〇四）にかけて、『文苑英華』の板木を吉州（現江西省吉安）で刻している。[16] 周必大は、『文苑英華』の刊本ができあがった二ヶ月後に亡くなっており、周必大の遺稿は、息子の綸によって『周益文忠公集』にまとめられている。これには、開禧元年（一二〇五）に書かれた陸游の序文が附されており、現在、開禧二年の宋刊本が靜嘉堂文庫に所藏されている。[17]

陸游もまた自身で印刷しており、十數種類の書物を刻したと言われている。[18]『廣記』に言及している『老學庵筆記』は、陸游の第六子の子遹によって、紹定元年（一二二八）に嚴州（現浙江建德）で刻版されている。陸游自身が印刷した書物には、自選の詩集『劍南詩稿』と『續稿』を編集し直して『新刊劍南詩稿』二十卷としたものがある。陸游は、淳熙十四年（一一八七）にこれを知嚴州の職にあったときに嚴州で印刷・出版している。また、陸游の長男・子虡と第六子の子遹も出版を行っている。長男の子虡は、假守九江（現江西省九江の臨時長官）であったときに、父・陸游の詩をまとめた八十五巻本の『劍南詩稿』（附『遺稿』）を刻している。弟の子遹は、知嚴州の職にあったとき、兄の子虡と同様に父の詩を全て收めた『劍南續稿』六十七巻を刻したとされるが、現在は傳わらない。[19]

さて、洪邁・洪适・周必大・陸游が『廣記』の記事に言及している書物を印刷した地域ごとにまとめると次のようになる。先に示した〈表2〉には、「▲」印をつけてあらわした。洪邁の『夷堅志』は、各地で印刷されていたようだが、洪邁自身が印刷を行ったのは、江南西路（贛州）と福建路（建安）である。『容齋隨筆』の刊行は、兩浙東路（婺州）で行っている。洪适の『盤洲文集』には、蜀中刊本が傳わっていることから、おそらく成都府路（成都府、眉山）で印刷を行ったのだろう。周必大の『周益文忠公集』がどこで印刷されたのかは不明であるが、『文苑英華』および『歐陽文忠公集』が吉州で印刷されていることから、おそらく、『周益文忠公集』も江南西路の吉州で印刷されたものと推定されている。[20]陸游の『老學庵筆記』は、陸游自身ではないが、息子の子遹が兩浙西路（嚴州）で印刷している。

二、『廣記』の印刷・刊行における轉運司關與の可能性

これまで、洪邁や陸游ら文人達が、『廣記』の記事に觸れている書物を含めて、印刷・出版を行っていたのはどの地域であったかを確認してきた。いずれに見られた地域も、印刷事業の盛んなところだが、概ね、二つの地域に大別できる。兩浙地域と四川地域である。この結果に、前項で指摘した、『廣記』の記事を採録している地方志

が對象にしている地域（「＊」印）と、文人らが『廣記』に言及している書物を印刷した地域（「▲」印）を重ねあわせてみると、現存する地方志の多くが兩浙地域のものであることを割引いて考えてみても、ほかの地域よりも兩浙地域が優位になる。つまり、この實態は、南宋期における『廣記』受容が兩浙地域で顯著であることを示しているといえよう。

しかも、これまでに見てきた洪邁や陸游ら文人個人の印刷・出版にかかる費用は、兩浙地域の公費でまかなわれていた可能性がある。というのも、南宋期になると、印刷事業も發達し、民間の出版業者（書坊）も存在したというから、多くの書物が印刷・刋行されたかに思われるが、宋代に印刷されたとされる出版物を見てみると、佛典などの宗敎書のほかに、四書五經などの書物、醫學書や農業書、および科擧受驗の參考書などの實用的な書物が主流で、そのほかでは、著名な文人の詩文集などが有力な地方官や豪商らの援助を得て出版されたに過ぎない。例えば、上述した『新安志』は、通判（州知事の補佐官）だった羅願が、知州の趙不悔の援助によって刋行したものである。また、洪适・洪邁・陸游の場合は、知事として在任中に印刷を行っており、私刻ではあるが、官刻の性格も併せ持っている。これについては、洪邁が詳細に述べている[21]。

洪邁『萬首唐人絕句』「重華宮投進劄子」

臣頃歲備數禁廷得侍淸閒之燕、因及手寫唐人絕句詩。（略）是時纔有五十四卷。去年守越、嘗於公庫鏤板。未及了畢、奉祠西歸。家居無事、又復搜討文集、傍及傳記小說、遂得滿萬首、分爲百卷。輒以私錢雇工、接續雕刻、今已成書。（略）貼黃上件詩集七言二十六卷以前、五言二十卷以前、係紹興府所刻。臣臨行時倉卒印造、紙劄多不精。續後點檢得有錯誤處、只用雌黃塗改。今來無由別行修換、以之進御、實爲不謹。

わたくしは、近ごろ宮中に勤めるはしくれとなり、宮中の宴に參加する機會を得ましたので、『唐人絶句詩』を自ら書き寫すにいたりました。（略）この時はわずかに五十四卷でございました。去年、越州（紹興府）の長官に赴任いたしました折、公金で刻版いたしました。しかしながら、まだ仕上がらないままに奉祠の職〔病氣や老年により退職した者に宮觀に仕える職（實質的には俸給を受けるのみで、實際の業務はない）を與えて官俸を支給し餘生を送らせた〕をいただいて退職し、そういうことで歸郷いたしました。家に居てもすることもなく、また文集を丹念に見て、傳記小説まで讀みました、それで萬首に達し得、百卷といたしました。その都度、身錢で刻工を雇って彫らせて、續けてずっと彫り、ただ今書ができあがりました。（略）以上の黄紙に印刷いたしました詩集七言・二十六卷以前、五言・二十卷以前は、紹興府で彫ったものです。わたくしが、出發するときに慌てて印刷しましたし、紙質もよくありませんでした。後でチェックして間違えているところについては、石黄汁を塗って修正するしかありませんでした。今となっては、彫り直して（これに）換えてお渡しする術もなく、このまま謹んで奉呈いたします。誠に不謹の極みでございます。

洪邁は、自選の詩集を公費で印刷したと述べている。ただ、途中で退職したので完成させられず、殘りは自費出版している。この記述から、在任中はたとえ自選の書物を印刷するのであっても、公費で印刷できることが分かる。だが、官職に就いていない場合、自費で刊刻しなければならないようである。こうしたことは、洪适や陸游が自身の著を在任中に印刷した際も同じであっただろう。

ならば、印刷にかかる費用に公費が充てられていたとすると、その費用は諸路・諸府・諸州の經費から支出されることになるだろう。諸路管轄下の財政を掌っていたのは、諸路轉運司である。諸路の轉運司は、管轄下の財政を掌っており、實際に、大きな權限を有していたようである。[22] また、轉運司は印刷・刊行にかかる費用も負擔しており、たとえば、紹興年間に刻された官刻本『史記』には、淮南路轉運司の刊記が、『漢書』・『後漢書』には、兩淮江東轉運司の刊記がある。[23] これまでに見てきたとおり、南宋期において、『廣記』の記事を受容している書物が印刷されたところは、兩浙地域において顯著であった。この兩浙地域一帶の財政を掌っていたのは、兩浙轉運司である。これらの點から考えて、兩浙轉運司が『廣記』の印刷・刊行に何らかの形で關與しているものと推測される。では、兩浙轉運司は、『廣記』の印刷・刊行において、どのような役割を擔っていたのだろうか。

三、『廣記』受容擴大の契機

王應麟が『玉海』で記している『廣記』の版木が保管されたという太清樓は、太宗によって太平興國四年（九七九）に建てられた書庫の一つで、太宗御製の墨跡や石本・巻軸・四部群書の副本が收藏されていた。[24] 大中祥符八年（一〇一五）、元儼宮の失火で崇文院が延燒した際に、崇文院で收藏されている書物の多くが燒失してしまったので、太清樓の書物を借りて補寫作業を行ったという記錄が見られる。[25] この時、太清樓の書物には多く汚損があり、補寫作業とは別に補繕作業も行われている。また、太清樓では宴射が催されていたという記述もあり、宴射の折、群臣に收藏物が展覽されていたようである。[26] このように、太清樓に關する記錄は、北宋期を通して散見されるが、靖康二年、金軍によって太清樓・祕閣・三館の書物などが奪い去られたという記錄[27]を最後に、南宋期に入ると、太清樓に關する記述は見られなくなる。おそらく、太清樓は、北宋滅亡の後、南宋で新たに建て直されることはなかったのだろう。

南宋に入り紹興の和議（一一四二）が成立し、政局が安定し始めた頃のこと、『廣記』の版木が祕書省の印刷室に收められているという記事が見られる。[28]

『南宋館閣錄』卷二「省舍」

紹興十三年十二月、詔兩浙轉運司建祕書省。十四年六月二十二日、遷新省。（略）北二間爲印書作。太平廣記・樂府版、共五千片（略）藏焉。

紹興十三年十二月、兩浙轉運司に詔して祕書省を建てさせた。十四年六月二十二日、新省舍に引っ越しした。（略）北の二間を印刷室とした。太平廣記と樂府の版木、全部で五千片を（略）收藏した。

この記述は、南宋の館閣制度などを說明した陳騤の著、『南宋館閣錄』（原名、『中興館閣錄』）に見られる記事で、卷二の「省舍」篇には、祕書省の新省舍の間取りについて詳細に記されている。紹興十三年（一一四三）に敕命により兩浙轉運司が祕書省を建て直し、翌年の十四年に、祕書省は新省舍に引っ越しをしている。北の二間には印刷室が置かれている、と記されている。その注に據ると、『太平廣記』の版が保管されていたという。その時、一緒に收められていたのが、『樂府』の版で、『太平廣記』と「樂府」の版木は全部で五千枚あったという。[29]

『南宋館閣錄』の記事に見える『樂府』がどういった書物なのかは不明であるが、假に『樂府詩集』百卷だとして、現存する版本を基に數えてみると、必要な版木は一一二八枚で、[30]『廣記』の場合だと、三七四七枚の版木が必要となり、[31] 全部で四八七五枚となることから、記されている版木の數にほぼ近い。事實、『樂府詩集』の諸本の一つに、紹興刻本（殘本）が存在する。[32] だとすると、必要となる版木の枚數と『南宋館閣錄』に記錄されている板木數がおよそ一致し、『樂府詩集』の刊本に紹興刻本が存在することから、紹興十四年の時點で、『廣記』版木が祕書省に收められていたと考えて、おおむね問題ないだろう。ただし、祕書省の新省舍に收められていた『廣記』の板木が、太清樓に保管されたとされる板木と同一のものであるという確證はない。しかし、『廣記』五百卷が太宗の命により太平興國六年（九八一）正月に版刻・頒布されて以降、印刷・刊行されたという記錄や、新たに板木が彫られたという記錄も殘されていないことから、『廣記』の板木は、太清樓に保管されたのち、どういう經緯で祕書省に收められたのかは分からないが、新省舍の印刷室に收藏されたものと推測される。

さらに、祕書省には『廣記』の版木が收藏されていただけでなく、すでに『廣記』が印刷されていたことを示唆する記述のあることが報告されている。[33]

『南宋館閣錄』卷六、故實

暴書會（略）二十九年閏六月、詔歲賜錢一千貫、付本省自行排辦。（略）是日、祕閣下設方桌、列御書・圖畫。（略）早食五品、午會茶菓、晚食七品。分送書籍『太平廣記』・『春秋左氏傳』各一部、「祕閣」・「石渠」碑二本、不至者亦送。兩浙轉運司計置碑石、刊預會者名銜。

暴書會について（略）二十九年閏六月、歲費一千貫を支給するので、祕書省で準備をするよう詔した。（略）この日、祕閣には机が設置され、御書および圖畫が竝べられた。（略）朝食に五品、お晝には茶菓、夕食には七品（が振る舞われた）。そのほか、書籍『太平廣記』および『春秋左氏傳』各々一部、ならびに「祕閣」・「石渠」の碑拓二本が贈られ、參加しなかった者にも（これらが）贈られた。兩浙轉運司は、碑石の建立費用を計算して（碑を）設置し、（そうして）參加者の名簿が（碑に）刻まれた。

紹興二十九年（一一五九）閏六月に行われた曝書會[34]において、參加者らに書籍『太平廣記』と『春秋左氏傳』の各一部が分賜され、御書「祕閣」・「石渠」の碑拓も下賜されたという。『廣記』の版木が新省舍の印刷室に收められていたことは[35]、近い將來、印刷する豫定があったと思われる。このことは、紹興二十九年に行われた曝書會において、『春秋左氏傳』とともに『廣記』が分賜されたという記録からも裏附けられる。『春秋左氏傳』は、この曝書會より前に祕書省ですでに展示されている。紹興十三年（一一四三）に『御書左氏春秋』が『御書史記列傳』とともに出されて、祕書省で館職に宣示されている[36]。その三年後の紹興十六年（一一四六）にも、『御書春秋左氏傳』がまた出され、祕書省で館職に示されている[37]。このように、『春秋左氏傳』が何度も展覽されていることから、いかに人氣を得ていたかが分かる。

曝書會では、觀覽の場に最もふさわしい物が展示・下賜されていることは想像に難くないだろう。紹興二十九年の曝書會において、『春秋左氏傳』とともに『廣記』が分賜されたことは、『廣記』が支持されていた狀況を物語っていよう。しかも、この時に行われた曝書會は、通常歲費の三倍以上に當たる一千貫を支出する大規模なものであったというから[38]、參加者は相當數に上ると考えられる。その參加者のみならず參加しなかった者らにも、『春秋左氏傳』とともに『廣記』が分賜されたとすると、『春秋左氏傳』ならびに『廣記』は、相當部數の用意があったことを意味しており、紹興二十九年閏六月までに、『廣記』はすでに印刷されていた可能性が極めて高いと言えるだろう[39]。

郵便はがき

料金受取人払郵便

麹町局承認

1433

差出有効期間
平成29年8月
31日まで
(切手不要)

1028790

202

東京都千代田区
飯田橋二―五―四

汲古書院

行

通信欄

購入者カード

このたびは本書をお買い求め下さりありがとうございました。今後の出版の資料と、刊行ご案内のためおそれ入りますが、下記ご記入の上、折り返しお送り下さるようお願いいたします。

書　名
ご芳名
ご住所 ＴＥＬ　　〒
ご勤務先
ご購入方法　①　直接　②　書店経由
本書についてのご意見をお寄せ下さい
今後どんなものをご希望ですか

現在では『廣記』宋本を目にすることはできないが、その內容の一部分は、『廣記』諸本の①孫潛校本、②陳鱣手校本、③沈與文野竹齋抄本（明抄本）に見ることができる。

①孫潛校本…孫潛（一六一八～?）が宋抄本をもとに談愷刻本を校訂したものである。孫潛が用いたという宋抄本の來歷について、嚴一萍氏の研究に據ると、「已上二卷係世學樓抄入（以上の二卷は世學樓本によって書き入れたものだ）」という孫潛の書き込みが『廣記』卷三八八の末葉に見られることから、明代の藏書家・鈕緯の書庫である世學樓の藏書の抄本であるとしている。(40)張國風氏は、これらの宋抄本や殘宋刻本では、南宋初代皇帝である高宗（一一二七～一一六二）の諱である「構」の字を避けて、「御名」としていることから、南宋高宗期の抄本であると指摘されている。(41)

②陳鱣手校本…陳鱣（一七五三～一八一七）が殘宋刻本に據って許自昌刻本を校訂したものである。陳鱣が用いたという宋刻本は、陳鱣が偶然に見つけたもので、發見に至った經緯やその出自など詳細は分からない。ただ、陳鱣手校本でも①孫潛校本と同樣に、高宗皇帝の諱を避けて「御名」としている例が見られるため、高宗期の翻刻本であるとされている。(42)

③沈與文野竹齋抄本…沈與文（一四七二～?）が所藏していた抄本である。沈與文野竹齋抄本の底本については、張國風氏に據ると、談愷刻本が刊行された明・嘉靖四十五年（一五六六）の時には、沈與文は九十五歳という高齢になっていることから考えて、沈與文野竹齋抄本の底本は、談愷刻本ではないと指摘されてい

る。さらに、沈與文野竹齋抄本と①の孫潛校本では、文字の異同に大きな隔たりはなく、かつ、沈與文野竹齋抄本と談愷刻本を比べてみると、沈與文野竹齋抄本と談愷刻本で異なる箇所は、①の孫潛校本と談愷刻本で異なる箇所に一致していることから、沈與文野竹齋抄本の底本は、宋本（あるいは元本）に據っていると考證されている。(43)

ちなみに、明の談愷（一五〇三～一五六八）が入手したという『廣記』抄本についても、談愷自身は、「近得太平廣記觀之、傳寫已久。（近ごろ太平廣記を手にいれたので見てみると、〔この抄本は〕書き寫されてから隨分と經っている）」と述べるに過ぎず（李昉の「上表文」の後にある嘉靖四十五年の談愷の自序）、談愷が入手したという抄本の入手經路や出自も不明である。

①から③で、校訂に用いられたとされる宋抄本や宋刻本の出自の詳細は不明であるものの、彼らが宋刻本や宋抄本を入手したという事實から考えれば、宋抄本や宋刻本が明清時代まで滞ることなく傳えられていたということになる。しかも、それは、『廣記』記事の一部分や語句の引用採取という形ではなく、端本であったとしても、校訂の使用に堪え得る、ある程度まとまった卷數の狀態でなければならないだろう。だとすると、宋刻本や宋抄本が高宗時期の傳本であり、紹興二十九年に行われた曝書會の時點で『廣記』がすでに印刷されていた可能性があることから、孫潛や陳鱣が底本に用いたという高宗時期の抄本および翻刻本は、紹興二十九年に行われた曝書會で分賜された『廣記』、あるいはその系統に由來するものだと想定し得るのではないだろうか。

そうであるならば、紹興二十九年に行われた曝書會を契機にして、『廣記』の受容狀況は、次第に擴大するものと思われる。果たして、曝書會以降で受容狀況に變化が見られるのだろうか。ここで、『廣記』に取材した南宋期の書物をまとめた本章末尾掲載の一覧表（一一〇頁）を確認してみると、事實、『廣記』に言及した書物は、紹興二十九年に開かれた曝書會以降で增加しているという實態が見てとれるのである。

以上の狀況を總じて見ると、南宋期において、『廣記』に取材した地方志が印刷された地域と、『廣記』を受容、とりわけ『廣記』を讀み物として受け入れた文人の書物が印刷された地域は相互に符合する。しかも、その分布は、ほかの地域よりも兩浙地域で優位であった。南宋期における印刷事業を行っていた主要地域は、兩浙地域をはじめいくつか見られるが、中でも成都府路（成都府や眉山）と福建路（建陽）の地域は、印刷事業を擔う、特に重要なところであった。だが、『廣記』に取材した書物が印刷された地域に限って見た場合、印刷事業の要所である成都府路および福建路にその形跡は窺えない。

『廣記』受容が兩浙地域において顯著に認められる要因に、兩浙轉運司の關與が考えられる。というのも、兩浙轉運司は、紹興二十九年に祕書省で行われた曝書會の費用を負擔し、碑石建立にかかる費用も支拂っていること、そして、この曝書會では、參加した群臣らに『春秋左氏傳』と『廣記』を分賜するために、相當部數を印刷していた可能性が考えられるからである。のみならず、高宗皇帝の時期に印刷された書物の中に、轉運司が關わったものが確認されることから、轉運司が財政面だけでなく、印刷・刊行事業にも貢獻していたことがわかる。おそらく、『廣記』刊刻においてもその役割を果たしていただろうと推測される。ただ、『廣記』刊刻の手がかりとなる記述は、太平興國六年正月に版刻・頒布されて以降、『南宋館閣錄』の記事の他に見いだせず、これらの二つの記事だけでは、兩浙轉運司が『廣記』刊刻においてどのような役割を擔っていたかの詳細は些か不明であるものの、兩浙轉運司はこの曝書會の折に『廣記』を入手している可能性が高く、管轄地域の藏書の一つに『廣記』が加えられたのではないかと思われる。それゆえに、兩浙轉運司が掌管する地域では、『廣記』に取材する條件が他の地域にくらべ有利に働いたのではないかと考えられる。

しかし、その擴大範圍を見てみると、中央だけにとどまらず地方にまで『廣記』の受容が擴がっているとはいうものの、地方への擴がりは、兩浙地域一帯のほかには見いだせなかった。この原因は、むしろ、曝書會で分賜された『廣記』の數に由來すると思われる。曝書會で『廣記』がどのくらい分賜されたのかは、參加者の人數が定かでないので分からないが、曝書會に參加しているのは、宰相以下の士大夫らであることから、この曝書會で用意された『廣記』の數は、限られた士大夫層で擴がるには十分だが、各地域に普及するには十分とは言えない部數だったと考えられよう。

小　結

本章では、南宋期における『廣記』受容の擴大要因について檢證してきた。その結果、『廣記』受容擴大の背景には、以下の二つの要因が浮かび上がった。

紹興二十九年に催された曝書會で分賜された『廣記』、あるいはその系統に屬するものが、兩浙轉運司によって兩浙地域にもたらされたことにより、この地域では『廣記』を享受する條件が他地域よりも整い、なおかつ、兩浙地域が印刷事業を行っていた主要地域のひとつであったという要素も加わり、兩浙地域一帯で『廣記』受容の擴大が促された、と結論した。このことは、南宋期において、『廣記』が兩浙各地に廣がっていく要因の一つであろう。

もう一つの要因として考えられるのは、前章でも論じた通り、南宋期において、『廣記』が讀み物として受容されたことである。この狀況は、北宋末期において確認し得るだけでなく、南宋期、特に、紹興十二年（一一四二）頃、洪邁の『夷堅志』が世に現れた當時から、傳統的な概念では觀るべきものからはずされてきた內容の記事が容認され、士大夫層に支持されていたことからも裏付けられる。紹興十二年頃といえば、祕書省が新省舍に引っ越しをした（紹興十四年）時期に當たる。その新省舍の印刷室には、『廣記』の板木が保管されていた。のみならず、祕書省で行われた曝書會で『廣記』が分賜されたということからも、文人個人を取り巻く特殊な環境だけに見られる現象ではなく、中央政府においても、こうした風潮があったことが窺える。

これら二つの要因が相補的に作用して、『廣記』の讀者が增加し、さらには、文人同士の人的交流が『廣記』を讀み物として受容する動きを加速させていたと言えるだろう。

注

（1）青山定雄『唐宋時代の交通と地誌地圖の研究』第二篇・第三・五「宋代の地方誌」（吉川弘文館、一九六九）を參照。および前村佳幸「宋代地方志における〈テクスト〉性」（『統合テクスト科學研究』一（二）、二〇〇三）一一三〜一三六頁。松尾幸忠「南宋の地方志に見られる詩跡的觀點について」（『中國文學研究』第三十二期、早稻田大學中國文學會、二〇〇六年十二月）五三頁〜六一頁。

（2）張秀民『中國印刷史』第一章「雕版印刷術的發明與發展」南宋刻書地域表に基づき作成した（浙江古籍出版社、二〇〇六）。

（3）山根幸夫氏は「宋代の地方志で現存するものは、わずか三十部あまりにすぎない。しかも、その七割以上が兩浙路の地方志である」と指摘されている（山根幸夫「中國の地方志について」、『歷史學研究』六四一號、歷史學研究會編集、一九九三年一月）二～九頁。

（4）『夷堅志』何卓點校本（中華書局、二〇〇六）。

（5）凌郁之『洪邁年譜』（上海古籍出版社、二〇〇六）。

（6）前掲注（5）に同じ。

（7）周必大「宋宰相贈太師魏國洪文惠公神道碑銘」（『盤洲文集』附錄、上海書店、一九八九）、陳振孫『直齋書錄解題』巻十八、別集類下（上海古籍出版社、一九八七）。また、『宋人別集敘錄』にも同様の記載が見られる（中華書局、一九九九）。

（8）『四庫全書總目提要』巻一六〇の『盤洲文集』に「此本爲毛氏汲古閣所藏、猶從宋刻影寫」とある（商務印書館、一九三三）。

（9）傅增湘『藏園群書經眼錄』（中華書局、一九八三）。また、『現存宋人別集版本目錄』にも宋蜀中刻本として八十巻本が著錄されている（四川大學古籍所編、巴蜀書社出版、一九九〇）。

（10）『四庫全書總目提要』巻八六の『隸釋』に「知紹興府・安撫浙東時、明年（乾道三年）正月序而刻之」とある（商務印書館、一九三三）。

（11）「以爲十巻、刻諸新安郡。」（『盤洲文集』巻六三「跋先忠宣公鄱陽集」、上海書店、一九八九）。

（12）外山軍治「洪皓と松漠紀聞」（『愛泉女子短期大學紀要』第十二・十三號、一九七八年三月）五七～七六頁參照。「先忠宣松漠聞、伯兄鏤板歙・越。遵來守建業又刻之」（『松漠紀聞』巻二、三瑞堂、一八七〇）。

（13）朱迎平『宋代刻書產業與文學』第八章・第四節「周必大與刻書」（上海古籍出版社、二〇〇八）を參照。

（14）徐松『宋會要輯稿』崇儒四之三「（景德）四年八月、詔三館祕閣直館校理分校『文苑英華』・李善『文選』摹印頒行。（略）未幾、宮城火、二書皆燼」（中華書局、二〇〇六）。

（15）周必大「文苑英華序」（『文苑英華』、中華書局、一九六六）。

（16）凌朝棟「『文苑英華』研究」第三章、第二節「版本源流考」（上海古籍出版社、二〇〇五）。

（17）前掲注（9）『藏園群書經眼錄』および、前掲注（13）、第五章・第二節、一「家刻本」を參照。

（18）前掲注（13）、第八章・第六節「陸游父子與刻書」を參照。

（19）前掲注（18）に同じ。

（20）前掲注（13）、第三章・第二節「刻書地域的擴展」を參照。

（21）『萬首唐人絶句』（文學古籍刊行社、一九五五）。當時の出版事情や官刻の状況については、井上進『中國出版文化史』（名古屋大學出版會、二〇〇二）が詳しい。

（22）前掲注（1）（青山、一九六九）、第一篇・第八・二「五代・宋の轉運使」を參照。

（23）尾崎康「南宋兩淮江東轉運司刊三史について」（『史學』第四十六巻・第三號、三田史學會、一九七五年一月）一二五～一五八頁。

（24）李燾『續資治通鑑長編』巻二十「（四年八月）是月詔作太清樓」および、同巻六十五「太清樓藏太宗御製及墨跡石本九百三十四巻・軸、四部群書三萬三千七百二十五巻」（上海古籍出版社、一九八六）。

（25）馬端臨『文獻通考』巻一七四、經籍考一「（大中祥符）八年、館閣火移、寓右掖門外、謂之崇文外院。借太清樓本補寫」（『文獻通考・經籍考』上、華東師範大學出版社、一九八五）。

（26）例えば、李燾『續資治通鑑長編』巻一五七「（慶曆五年）辛卯、以重陽曲宴近臣・宗室于太清樓、遂射苑中。」や、同巻一九三「（嘉祐六年）戊申、幸後苑賞花釣魚、遂宴太清樓。出御製詩一章、命從臣屬和以進。」などの記述が見られる（上海古籍出版社、一九八六）。

（27）『宋史』巻二十三「（靖康二年）夏四月庚申朔、（略）太清樓祕閣三館書・天下州府圖、及官吏・內人・內侍・技藝・工匠・娼優、府庫畜積、爲之一空。」（中華書局、一九九八）。

（28）この記事の存在について、來新夏氏および牛景麗氏が言及されている。來新夏等『中國古代圖書事業史』第四章・第二節・一「圖書事業機構的重建」（上海人民出版社、一九九〇）および、牛景麗『太平廣記的傳播與影響』第二章・第一節・二「南宋高宗時『太平廣記』刊刻新證」（南開大學出版社、二〇〇八）を參照。

（29）陳騤『南宋館閣錄』（中華書局、一九九八年）。この記述について、牛景麗氏は二通りの解釋を示している（牛景麗『太平廣記的傳播與影響』第二章・第一節・二、南開大學出版社、二〇〇八)。一つは、書名が『太平廣記』で、版本名が樂府版であるとする、『太平廣記』の樂府版という讀みかたと、もう一つは、書名が『太平廣記樂府』であるとする讀みを提示し、ここは前者に示した『太平廣記』の樂府版と解釋するのが理にかなうと判斷されている。しかし、牛景麗氏の解釋には從いがたく、本稿では、「太平廣記」および「樂府」は書名だと理解する。

(30) 宋本『樂府詩集』影印本の體裁は、毎半葉十三行、行二十三字となっている(中津濱涉『樂府詩集の研究』、汲古書院、一九七七年)。

(31) 『廣記』四庫全書影印本(上海古籍出版社、一九九五)は、毎半葉八行、行二十一字の體裁となっており、その版木數に換算すると五六六六枚になる。假に宋本『廣記』の體裁が、宋本に據っているとされる沈與文野竹齋抄本と同じであったとすれば(張國風『太平廣記版本考述』第二章・第二節・二、沈與文野竹齋抄本〔Y本〕(中華書局、二〇〇四)參照)、その體裁は、毎半葉十二行、行二十二字であることから、『廣記』宋本に必要な版木は、およそ三六〇六枚となる。そのうえ、「太平廣記表」が二枚、「太平廣記引用書目錄」が五枚、そして目錄十卷がおよそ一三四枚が加わる計算になり、合計で三七四七枚の版木が必要と見られる。

(32) 王文進の『文祿堂訪書記』には、宋紹興刻本と記されている(上海古籍出版社、二〇〇七)。

(33) この記述が見られることについては、來新夏氏をはじめとするこれまでの研究でも報告されている。來新夏等著『中國古代圖書事業史』第四章、第二節、一「典藏制度的重建和恢復」(上海人民出版社、一九九〇)。牛景麗『太平廣記的傳播與影響』第二章・第一節・二「南宋高宗時『太平廣記』刊刻新證」(南開大學出版社、二〇〇八)參照。成明明「兩宋『太平廣記』流傳與接受補證」二「『太平廣記』在南宋的流傳與接受」(『文學遺產』第二期、二〇〇九)を參照。

(34) 曝書會については、塚本麿充「宋代皇帝御書の機能と社會――孝宗「太白名山碑」(東福寺藏)をめぐって」(『美術史論集』七、神戸大學美術史研究會、二〇〇七年二月、一〇〜三〇頁)が詳しい。これに據ると、曝書會とは、三館祕閣六閣を中心に收集された文物を皇帝が群臣とともに觀じた觀書會より祝祭的な活動で、國家の威信をかけた大規模な活動であった、という。

(35) 祕書省の新省舍に作られた書庫には、經史子集四庫・續搜訪經史子集四庫・祕閣上下庫・御製御札名賢墨蹟圖畫庫・古器庫・印板書庫・印板庫・碑石庫がある（前掲注(29)、『南宋館閣錄』卷十、職掌）。『廣記』の板木は、印板庫（板木保管庫）には收められずに、「北二間爲印書作（北の二間を印刷室とした）」に收められている。

(36) 徐松『宋會要輯稿』崇儒六之一八「（紹興十三年）二月內、出御書左氏春秋及史記列傳、於祕書省宣示館職」（中華書局、二〇〇六）。

(37) 前掲注(36)、崇儒六之一八「十六年六月、又出御書春秋左傳。皆就本省宣示館職」。

(38) 前掲注(34)に同じ。

(39) 井上進氏によると、「宋代の書籍一般につき量的に言うならば、鈔本は印本に壓倒されてしまうどころか、むしろ書籍の主流でありさえした」と指摘されている（前掲注(21)、井上進『中國出版文化史』第十章、收書法を參照）。ただ、『廣記』の場合は、本論で後述するように曝書會で分賜された刋本が契機となって受容擴大につながったものと考えられる。とはいうものの、曝書會で配布された後、どのように廣まっていったのかについては、今後さらなる考察を加えたい。

(40) 嚴一萍『太平廣記（附校勘記）』（藝文印書館、一九七〇）。また、孫潛校本についての論考に、佐野誠子「臺灣大學藏孫潛校本『太平廣記』について」がある（『東京大學中國語中國文學研究室紀要』第四號、二〇〇一年四月）二四四～二五三頁。

(41) 張國風『太平廣記版本考述』、第二章・第二節・一「孫潛校宋本（S本）」（中華書局、二〇〇四）參照。

(42) 張國風『太平廣記版本考述』、第二章・第二節・三「陳鱣校宋本（C本）」（中華書局、二〇〇四）參照。

(43) 張國風『太平廣記版本考述』、第二章・第二節・二「沈與文野竹齋抄本（Y本）」（中華書局、二〇〇四）參照。

『廣記』に取材した南宋期の書物一覧表

書　名	著　者	引用回數	記述形式
墨莊漫錄	張邦基	1	閲太平廣記
優古堂詩話	吳幵	2	太平廣記云
詩話總龜	阮閲	4	記太平廣記中
靈巖集	唐士恥	1	太平廣記序
簡齋集	陳與義	1	『廣記』の記事の語を引用
吟窗雜錄	陳應行	1	太平廣記曰
紺珠集	朱勝非	2	太平廣記謂
事實類苑	江少虞	3	誦太平廣記云
紫微集	張嵲	1	讀太平廣記
海錄碎事	葉廷珪	2	太平廣記謂
三洞群仙錄	陳葆光	1	……、太平廣記。
後山詩注	任淵	1	太平廣記
山谷集詩注	任淵／史容／史季溫	6	太平廣記載
能改齋漫錄	吳曾	3	太平廣記載
聞見後錄	邵博	1	見太平廣記
▲（紹興二十九年／1159）▼			
韻語陽秋	葛立方	1	太平廣記載
苕溪漁隱叢話前集	胡仔	4	事載太平廣記
苕溪漁隱叢話後集	胡仔	1	太平廣記云
路史	羅泌	2	見太平廣記等
東坡詩集註	王十朋	24	見太平廣記云
爾雅翼	羅願	1	太平廣記曰
新安志	羅願	3	見太平廣記記所

書　　名	著　　者	引用回数	記述形式
容齋隨筆	洪邁	1	見於太平廣記
東萊先生分門詩律武庫	呂祖謙	8	太平廣記載
九家集注杜詩	郭知達	2	嘗觀太平廣記載
盤洲集	洪适	1	還李擧之太平廣記
緯略	高似孫	1	太平廣記曰
錦繡萬花谷	不著撰人	11	『廣記』の記事を引用
醫說	張杲	1	太平廣記載
梅山續稾	姜特立	1	太平廣記…。
演繁露	程大昌	3	出太平廣記
夷堅志	洪邁	1	『廣記』に言及
野客叢書	王楙	2	見太平廣記此事
記纂淵海	潘自牧	4	見太平廣記
五百家注昌黎文集	魏仲擧	2	廣記云
嘉泰吳興志	談鑰	1	事見太平廣記
嘉泰會稽志	施宿	3	見太平廣記
文忠集	周必大	1	太平廣記所載
示兒編	孫奕	1	太平廣記
耆舊續聞	陳鵠	1	太平廣記云
老學庵筆記	陸游	1	予讀太平廣記
嘉定鎭江志	盧憲	18	太平廣記載
橘山四六	李廷忠	1	太平廣記有
歷代名醫蒙求	周守忠	2	太平廣記
王荊公詩註	李壁	14	見太平廣記
蘭亭考	桑世昌	2	見從太平廣記

書　名	著　者	引用回數	記述形式
揮塵錄	王明清	2	太平廣記載
賓退錄	趙與旹	3	太平廣記載
寶慶四明志	羅濬	1	太平廣記云
密齋筆記	謝伯采	1	太平廣記所載
癸辛雜識	周密	1	見者太平廣記
方輿勝覽	祝穆	4	太平廣記有
六帖補	楊伯嵓	2	卽答以太平廣記攷之
四六標準	李劉	5	太平廣記皆載此事
古今事文類聚	祝穆	12	『廣記』の記事を引用
醉翁談錄	羅燁	2	太平廣記云
全芳備祖集	陳景沂	5	『廣記』の記事を引用
古今合璧事類備要	謝維新	29	太平廣記
荊溪林下偶談	吳子良	1	太平廣記得此事
賓退錄	趙與旹	3	太平廣記載
席上腐談	兪琰	1	太平廣記云
景定建康志	周應合	1	建康府が所藏する藏書目錄に『廣記』の書名が見える
佛祖統記	志磐	3	『廣記』の記事を引用
後村集	劉克莊	1	太平廣記載
後村詩話	劉克莊	2	讀太平廣記
困學紀聞	王應麟	1	事出太平廣記
夢粱錄	吳自牧	1	太平廣記載
李太白集分類補註	楊齊賢	10	見太平廣記

※　『廣記』について解題した書は除外した。
※　複數回引用されている場合の引用形式は、最も多い形式を掲載した。
※　書物は成立年代（推定も含め）順に配列した。

第五章　海を渡る『太平廣記』
――『太平廣記詳節』をめぐって――

王闢之の『澠水燕談錄』（紹聖二年〔一〇九五〕成立）に『廣記』に關する記事が見られることは、第二章第二節でも觸れた。もう一度その記事の內容を確認しておくと、元豐中に高麗の使者・朴寅亮が明州（現寧波市）に到着した際に、象山尉の張中と詩のやりとりをするのだが、朴の詩序に見られる「靑脣」の語が分からなかった神宗皇帝が左右のものに尋ねたところ、趙元老が『廣記』に採られている「鄰夫」の話が典故だと申し上げた、というものである。この記事で記されている元豐中とは一體いつのことかについても、『續資治通鑑長編』の記録を擧げて指摘したように、高麗の使者が入貢したのは、實際には元豐三年（一〇八〇）十二月のことである。

だが、ここで大きな疑問がひとつ殘る。この記事は、元豐年間に入貢した高麗の使者が詠じた詩序に見られる「靑脣」の語の典據が『廣記』に採られている話であり、そのことを趙元老が知っていた、ということを示しているのだが、これを裏返せば、高麗の使者が『廣記』を知っており、かつ讀んだことがあることを意味し、延いては、元豐三年より前の時點ですでに『廣記』が朝鮮にもたらされていた、ということを示しているのである。それならば、一體いつごろ『廣記』は朝鮮に流傳したのかという疑問が生じる。元豐三年より前の時點であるならば、神宗初期より以前に刊刻された『廣記』であるはずだ。しかし、これまでに論じてきたように、『廣記』はその成立後、仁宗皇帝が發した一連の詔が誘因となって、「學者の急とする所に非ず」という異論が提出されるに至り、その板木は書庫の太清樓に保管される。その後、神宗期・哲宗期の元豐年間から元祐年間にかけて、ようやく『廣記』が世に廣まる兆しがみえるようになる。異論が提出された時期についても推定したように、天聖六年頃から、遲くとも、天聖中（〜一〇三二）だと考えられる。そうすると、朝鮮に流傳した『廣記』は、異論が提出されるよりも前の、つまり、板木が太清樓に保管されるまでの間に刋刻された『廣記』だということになる。そしてそれまでの間に刋刻された『廣記』は、太平興國六年（九八一）正月敕命によって版刻されたもの、すなわち、宋本『廣記』が朝鮮に傳わったということになる。だからこそ、いつごろ『廣記』が朝鮮に傳わり、その後どのように受容され、いかに傳播したのかという經緯が問題なのである。

これらの問題については、韓國語および韓國文學にまったく知識がないがゆえに、氣になりながらもそのままにしていた。しかし、やはり觸れないわけにはいかないとの思いから、この問題點に大きく關わるであろう朝鮮王朝期に刋行された『太平廣記詳節』を本章で取りあげたい。

本書はこれまで、中國側の資料から『廣記』の受容狀況を檢討するばかりで、東アジアに流出した『廣記』や中國域外の資料からは檢證を加えてこなかった。そこで、『太平廣記詳節』について、不十分を承知の上で、若干の考察をめぐらし、考察で得られた結果をもとに、これまで本書が提示してきた見解の妥當性を檢證したいと思う。

一、『太平廣記詳節』について

『太平廣記詳節』（以下、『詳節』と略す）に關する研究は、韓國および中國ですでに進んでいる。（1）また、日本においては、溝部良惠氏によってその存在が傳えられた。（2）これら先學の研究成果に據りながら、まずは『詳節』について紹介しておこう。（3）

『詳節』は、文官・成任（성임《ソン・イム》。一四二一～一四八四）が『廣記』五百卷の中から八三九話を選びとり、五十卷に編集し直して、朝鮮世祖八年（一四六二）に刊行されたものである。成任は、昌寧（現慶尙南道昌寧郡）の出身。昌寧の成氏といえば、廣州李氏に次ぐ名門一族であり、（4）名家の出であることがわかる。字は重卿、號は逸齋といい、謚は文安。知中樞府事をつとめた念祖の長兄として生まれる。その人となりは、器量度量は寬大で、學識豊かで見識深く、書を善くし文を作るのがうまく、とりわけ律詩にすぐれていたという。朝鮮・世宗二十年（一四三八）に科擧の司馬試を經て、世宗二十九年（一四四七）文科に及第し、承文院（外交文書に關する業務を司る）に入る。のち、端宗二年（一四五四）に集賢殿（國家及び王室のための研究機關）（5）の副校理となるも、翌年には吏曹（任官や人事考課などを司る）正郎に轉ずる。さらに世祖四年（一四五八）に臨時に行われた科擧の文臣庭試に首席で合格し、世祖八年（一四六二）には中樞院（王命の出納、兵機、宿衞、警備などを司る）副使に拜されている。世祖八年は、『詳節』が刊行された年でもある。晩年は、成宗十三年（一四八二）に朝鮮王朝における最高行政機關である議政府の左參贊に到り、六十四歲で沒した。（6）

成任には二人の弟がいたが、長弟は二十九歲の若さで亡くなっている。長弟は侃（성간《ソン・カン》。一四二七～一四五六。字は和仲、號は眞逸齋）、末弟が俔（성현《ソン・ヒョン》。一四三九～一五〇四。字は磬叔、號は慵齋、または虛白堂、浮休子）で、三兄弟いずれも文名高かったが、とりわけ末弟の俔が秀でており、稗官文學の嚆矢ともいわれる怪異譚『慵齋叢話』は彼の代表作であり、朝鮮王朝前期の姿を知る資料として評價されているだけでなく、後に興隆する小説文學に

も影響を與えたとされている。

成任だけでなく、長弟の侃も曾て『廣記』を讀んだことがあるらしい。そのことを、徐居正（서거정《ソ・コジョン》。一四二〇〜一四八八）は、『詳節』の序文に記している[7]。

徐居正「『詳節《ママ》太平廣記』序」

予嘗讀太史公滑稽傳、以爲不作可也。聖人著書立言、足以裨名教、訓後世、何嘗採摭奇怪、以資好事者解頤哉。是固不可作也。乃讀太平廣記、乃宋學士李昉所撰、進之太宗者也。爲書總五百卷、大抵裒集稗官小說、閭巷鄙言、非有關於世教、徒爲滑稽之捷徑耳、心竊少之。一日、在集賢殿、亡友昌寧成和仲、讀之終日、矻不知倦。予擧前說而告之曰、子方有志於文章、宜沈六經、規矱聖賢、非聖賢之書、不讀可也。和仲笑曰、子誠確論也、然君子多識前言往行、儒有博學而不窮、能博而能約之、庸何傷乎。況張而不弛、文武不爲。必皆聖賢而後讀之、騁氣有所未周、安能上下古今、出入貫穿、爲天下之通儒乎。何子之示狹也。

私はかつて太史公の滑稽傳を讀んだことがあったが、（この傳は）書かなくてもよかったのではと思った。聖人が書を著し意見を述べるのは、人の行うべき正しい教えを助け、後世の人を諭すに足るものであって、奇談怪談を集めて物好きを面白がらせるために役立てるようなものであろうはずはない。こうしたものは、もとより作ってはいけないのだ。そうして、『太平廣記』を讀んでみると、（これは）宋の學士・李昉が撰したもので、太宗に奉じられたものである。書物は全五百卷で、おおむね稗官小說や、（あるいは）街や巷の俗な言葉を拾い集めたものであり、世の教えに關わりあるものではない。いたずらに滑稽の王道を作っているだけだ。ひそかにこれを輕んじた。ある日、集賢殿にいた時、亡き友である昌寧の成和仲（成侃）

が終日これを讀んでおり、こつこつと（まるで）飽きることがなかった。私は、前で述べた考えを示して彼に傳えて言った。「君はまさに文章に志しているところなのだから、六經にひたり、聖賢（の道）を規範とするのが良いのであって、聖賢の書物でないものは、讀むべきではないのだよ。」と。（すると）成和仲は笑って言った。「あなたのおっしゃることは誠にごもっとも。しかし、君子は昔の聖賢の言葉や行いを多く學び、儒者はひろく學んでとどまるところを知らず、學んだことを豊かにし集約することができれば、何の問題がありましょう。緊張ばかりさせて弛めないのは、文王・武王もなさらないこと。必ずみな聖賢の書物であって、つまり聖賢の書物しか讀まないということでは、（天から）氣を受けることが不十分なので、どうして容易に上から下まで古今東西すべてを網羅することができ、天下の大學者となり得ることができましょうか。なのにどうして、あなたはこれを狹めようとなさるのか。」と。

『詳節』の序文を書いた徐居正は、字は剛中、號は四佳亭または亭亭亭。慶尚道大邱の出身。權近の外孫に生まれる。幼い頃から聰穎で神童と稱せられた。朝鮮世宗二十年（一四三八）に生員・進士の兩試に合格、世宗二十六年（一四四四）に科擧の文科に第三番目で合格し、集賢殿に任官し副校理に昇進。翌年、集賢殿應教となり、藝文館應敎を兼任した。のち、主要な中央官廳の要職を歴任し、議政府の左贊成に到る。彼は、朝鮮王朝の政治の基準となった法典『經國大典』の編纂事業にも參與し、睿宗元年（一四六九）に、その序文を獻じている。優れた漢文學者・文章家として知られ、『東文選』、『東國通鑑』、『輿地勝覽』などを著している。(8)

徐居正が集賢殿にいたのは、世宗二十六年（一四四四）から世祖元年（一四五五）までで、その間に成任の長弟・侃と集賢殿で出會い、先に擧げたエピソードに見られたような議論をしたのだろう。『廣記』のような瑣末な話を集めた書物は讀むべきものではないと考えていた徐居正も、成俔の意見に得心したのか、後に俗談を交えた説話を収集した『太平閑話滑稽傳』を自ら著している。成俔の兄である成任が編集した『詳節』なればこそ、『詳節』の序文を書いたのであろう。

ところで、成任はいつ頃『廣記』を目にしたのだろうか。これについては、末弟の俔が自身の著『慵齋叢話』に次のように記している。(9)

伯氏文安公好學忘倦、嘗在集賢殿抄錄『太平廣記』五百卷、約爲『太平廣記詳節』五十卷、刊行於世、又聚諸書及『廣記詳節』、爲『太平通載』八十卷。（以下略）

一番上の兄の文安公は學問を好み飽きるということ知らなかった。かつて（彼が）集賢殿にいたとき、『太平廣記』五百卷を抄錄して、縮めて『太平廣記詳節』五十卷にして世に刊行した。またいろいろな書物や『太平廣記詳節』（の中の記事）を集めて、『太平通載』八十卷をつくった。

この成俔の記述から、成任が集賢殿に出仕していたときに『廣記』を讀み、それを基に『詳節』を編集したことが分かる。成任が集賢殿にいたのは端宗二年（一四五四）、翌年には吏曹正郎に轉任しているので、端宗二年の一年間で『廣記』を讀んだのだろう。『詳節』には、徐居正の序文があり、その末尾に署名とともに記された「蒼龍壬午夏四月有日」の日付があることから、世祖八年（一四六二）に刊行されたとされている。成任が集賢殿にいたとき、徐居正も應教として出仕している。徐居正は、『詳節』の序文で「重卿之志卽和仲之志（成任の志はまさしく成俔の志だ）」と記しており、徐居正は、かつて成俔が言った「聖賢の書物しか讀まないのは、不十分である」として、『廣記』のような瑣末な話を集めた書物からもあらゆる知識を吸収し深めようとする姿勢を、成任にも見たのかも知れない。

二、『太平廣記詳節』の構成

『詳節』の完本は傳えられておらず、序文・目錄・本文二十六巻の殘缺本が各地に分散して存在するのみである。現在は、現存する殘缺本を集めた輯本の形で『朝鮮所刊中國珍本小說叢刊』にまとめられており、本章でもこれを『詳節』のテキストとして用いた。

現存する部分は、徐居正の序文（缺葉あり）・李胤保の序文（缺葉あり）・分類項目だけを記した「太平廣記詳節總目」・篇目を記した「太平廣記詳節目錄」・本文の巻一から巻三・巻八から巻二十五・巻三十五から巻三十七・巻三十九から巻四十二である。『朝鮮所刊中國珍本小說叢刊』についている解說「『太平廣記詳節』提要」に據ると、この輯本が基づいた底本は、徐居正の序文・李胤保の序文・太平廣記詳節總目・太平廣記詳節目錄・本文の巻一から巻三までが韓國忠南大學圖書館藏本、巻八から巻十一までが高麗大學晩松文庫藏本、巻十四から巻十九までが國立中央圖書館藏本、巻二十から巻二十五までが鮮文大學朴在淵藏本、巻三十五から巻三十七までが玉山書院藏本、巻三十九から巻四十二までが高麗大學晩松文庫藏本となっている。

では、成任は『廣記』から、どのような話を選びとったのだろうか。「太平廣記詳節目錄」に見られる篇目を基に、『廣記』の中でどこに收錄されているか、その該當箇所を一覽表に整理した。一覽表は、〈『詳節』と『廣記』

の對應表〉として八三九話すべてを本章末尾に擧げておくので、併せて參照していただきたい（一五〇頁）。『詳節』に収められている話は、『廣記』の中でもよく知られたものが選ばれており、とりわけ、唐代傳奇小說と呼ばれるジャンルの話が六十篇ほどが採錄されている。『廣記』で「李娃傳」などの有名な話を多く含む雜傳記に分類されている話は言うまでもなく、「杜子春」、「虬髯客」、「板橋三娘子」なども採られており、張國風氏が「眼光不弱（選擇眼は優れている）」と評されたのも肯ける。(10)

『詳節』の分類項目および篇目の順序は、ほぼ完全に『廣記』と一致する。ただわずかに現行の『廣記』とは異なる分類項目に収められている話が見受けられる。それは、次の六篇である。『詳節』巻之十三の「俊辯」の項目に配されている「鍾毓」は、『廣記』では巻一七四の「幼敏」に分類されている。同様に、『詳節』巻之二十一「嗤鄙」の項目に配されている「李寰」・「韋蟾」・「李台瑕」・「陳癩子」の四篇は、『廣記』では「李寰」・「韋蟾」の二篇が巻二五六の「嘲誚」に、「李台瑕」・「陳癩子」の二篇は巻二五七の「嘲誚」に分類されている。また、『詳節』巻四十三・「昆蟲一」の項目に配されている「唐明皇帝」は、『廣記』では「水族」の「龜」に分類されている。一體、なぜこのような混亂が生じたのであろうか。六篇のうち、「鍾毓」と「唐明皇帝」の二篇については、おそらく誤錄であろうと想像するが、詳細は分からない。しかし、「李寰」・「韋蟾」・「李台瑕」・「陳癩子」の四篇については、『詳節』の中では同じ「嗤鄙」の項目下で、しかも四篇がまとまった狀態で現行の『廣記』とは異なる分類項目に収められていることから、何かしらの理由があるだろうと思われる。成任は、『廣記』から八百三十九話を選びとり、五十巻に編集し直しているが、その編集姿勢は甚だ『廣記』に忠實で、混亂が生じている六篇以外の分類項目や篇目の順からみて、成任自らが分類項目や篇目の順序を入れ替えた可能性は極めて少ない。とすると、『詳節』よりも、『詳節』が基づいた『廣記』にその理由を求めるべきなのではないだろうか。

この問題については、なお検討が必要だが、高麗に『廣記』が流傳したのが元豐三年（一〇八〇）より前の時點であることはすでに觸れたとおりであり、このことは、高麗には宋本の『廣記』が流傳していたことを意味する。そして、『詳節』が基づいた『廣記』は、宋太祖の諱を避けていることから、宋本『廣記』であるに違いない（これについては後述する）。ここで考えるべきは、現行の『廣記』の姿は、本來の『廣記』の姿つまり宋本『廣記』の原貌とは異なるということである。いま、宋本『廣記』を目にすることはできないが、孫潛校本や沈與文野竹齋抄本といった『廣記』諸本に、その一端を窺い知ることができる[11]（『廣記』諸本については第二章の注（13）および第四章第三節を參照）。しかしそれとて宋本『廣記』の原貌とは距離があるのだ。どの程度距たりがあるのか、沈與文野竹齋抄本を例に、先の四篇の話を含む巻二五六・巻二五七前後の巻を見てみよう。

張國風氏の調査に據ると[12]沈與文野竹齋抄本では、沈與文が底本とした鈔本の巻二五六に収められている話のうち、前半部分の九篇、「韋蟾」・「盧邁」・「柳宗元」・「陸暢」・「平曾」・「僧靈徹」・「蘇芸」・「李寰」・「王播」を採って巻二五八・嘲誚六に充て、後半部分の十三篇、「封抱一」・「崔涯」・「李宣古」・「杜牧」・「陸巖夢」・「李遠」・「李德裕」・「薛昭緯」・「崔愼由」・「鄭薫」・「唐五經」・「青龍寺客」・「羅隱」を巻二五九・嘲誚七としている。同じように、底本とした鈔本の巻二五七に収められている話二十一篇、「崔澹」・「皮日休」・「薛能」・「周顗」・「任轂」・「王徽」・「山東人」・「張登」・「朱澤」・「徐彦若」・「馮涓」・「張濬伶人」・「封舜卿」・「姚涓」・「李台瑕」・「織錦人」・「李主簿」・「陳癩子」・「患目鼻人」・「傴人」・「田媼」すべてを巻二六〇・嘲誚八としている。沈與文は、こうした一巻を二分するといった改編を巻二五二から始めており、それは巻二七一にまで及ぶ。このように、沈與文野竹齋抄本では、底本とした鈔本の一部にこのような改編を施しているのである。

では、なぜこうした改編が必要だったのであろうか。それは、沈與文が據った鈔本に缺巻があったことに因る。

底本とした鈔本は、巻二六一・嗤鄙四から巻二六五・輕薄までと、巻二六九から巻二七〇の合計七巻が缺けていたのだ。それ故に、沈與文は、一巻を二分してその缺を補ったわけである。

底本とした鈔本に缺巻缺文があったのは、なにも沈與文野竹齋抄本に限ったことではない。『廣記』諸本がひとしく抱える問題である。明の胡應麟は、『二酉綴遺』上において、「第中闕嗤鄙類二卷、無賴類二卷、輕薄類一卷、而酷暴闕胡淛等五事、婦女闕李誕等七事。談謂遍閲諸藏書家悉然、疑宋世已亡。（『廣記』の中で、「嗤鄙」類二卷、「無賴」類二卷、「輕薄」類一卷が缺けており、「酷暴」類の「胡淛」などの五篇の話、「婦女」類の「李誕」などの七篇の話が缺けている。談愷はあらゆる藏書家を調べたが全てそうであったと言っているが、おそらく宋の時代にはすでに失われていたのだと思う）」と記しており[13]、張國風氏もまた、巻一四一・一五〇・二六一・二六二・二六三・二六四・二六五・二六九・二七〇は、『廣記』各諸本の異同がとりわけ激しいだけでなく、談愷刻本の數ある刻本間でも異なると指摘されている。

『詳節』巻之二十一・嗤鄙の項目に収められている四篇は、まさしく、『廣記』諸本の間でも、とりわけ混亂している箇所に見られる話なのである。本章末尾の一覽表に示した通り、『詳節』が分類項目や篇目の順を替えたとは考えにくく、おそらく、『詳節』にみられる篇目の順が宋本『廣記』の形に近いのだろうと考えられる。

三、『太平廣記詳節』中に見られる『廣記』の佚文

これまでに見てきたように、『詳節』は『廣記』に據って忠實に編集されているのだが、現存するほかの『廣記』

諸本には見られない話が存在する。それは、巻之十・徴應二「蕃中六畜」・「耶孤兒」・「胡王」と、定數一「王陟」、巻之二十二・輕薄「侯泳」の五篇である。[14] そのほか、談愷刻本を底本にした中華書局汪紹楹點校本では、目録に篇目はあるが本文が失われている「有目無文」である巻二六九の「陳延美」（『詳節』巻之二十二・酷暴）、巻二七〇「李誕女」（『詳節』巻之二十二・烈女）、そして巻三五〇の「顔濬」（『詳節』巻之三十一・鬼三）の三篇も『詳節』には収められている。現在、中華書局汪紹楹點校本で「顔濬」の話の本文が見えるのは、『廣記』諸本の一つである沈與文野竹齋鈔本に據って本文を補っているからである。

先述したように、『詳節』は、成任が集賢殿に出仕していた端宗二年（一四五四）の一年間で『廣記』を讀み、『廣記』を基に五十巻に編集し直して、世祖八年（一四六二）に刊行したものである。一方中國において、明の談愷が『廣記』を刊行したのは、嘉靖四十五年（一五六六）のこと。『詳節』は、談愷刻本よりも百年ほど早く出版されている。實は談愷刻本の前に、『詳節』と同じように『廣記』に據って編集し直した書物がある。それは、北宋の蔡蕃が『廣記』を節録して『鹿革事類』と『鹿革文類』それぞれ三十巻にしたものである。『廣記』宋本に據った貴重な資料になり得るものであったが、殘念ながら既に失われており、現在は南宋・晁公武が著した藏書目録『郡齋讀書志』の中にその名を殘すのみである。また、『廣記』には談愷刻本のほかに、孫潛校本、陳鱣手校本、沈與文野竹齋抄本といった諸本が存在し、これらの諸本に『廣記』宋本の一部分を窺い知ることができる。これらは、孫潛、陳鱣や沈與文がそれぞれに入手した宋鈔本や殘宋刻本によって談愷刻本などを底本として校訂したもので、それぞれ非常に貴重な資料である。だが、それぞれが入手したという宋鈔本や殘宋刻本の入手經路や出自が不明のものもあり、かつ、それぞれが底本に用いた宋鈔本や殘宋刻本が同一のものではないことから、諸本間でも甚だしい異同が認められる。しかも先にも見たとおり、缺巻缺文になっているところを獨自に補ったり、一巻を二分して二巻とするなどといった箇所が一部に見受けられ、『廣記』本來の姿、つまり『廣記』宋本の原貌からはわずかに距離があるのである。こうした中で、『詳節』に上記のような佚文が存在するということは、まさしく『廣記』宋本の一部を窺い知ることができる重要な文獻なのであって、これこそが『詳節』の價値なのである。

資料として佚文五篇の本文を載せておこう。

巻之十・徵應二「蕃中六畜」

後唐甲午乙未之歲、西距吐蕃、東連獫狁。一二年間、其蕃中馳馬牛羊、無巨細、皆頭南而臥。乃有新產者、目未開、口未乳、便南其頭。戎人大惡之云、我蕃中以此爲盛衰則候、六畜頭南者、北地將飢饉、賤貨牛馬、索食於漢家矣。則竟加箠撻、牽而向北、旋又向南。其華髮者嘆曰、不唯西蕃飢歉、抑東夷亦有荐食。中國之兆、蓋自數百年來相傳有准。必恐鮮卑入華矣。至甲辰乙巳之歲、果西蕃大饑、地無寸草、皆南奔、賤貨畜馬、攜挈老幼、丐食於秦隴之間、殍踣者甚衆。中國爲鬼□[15]荐食。蓋六畜先南其首、爲北戎之弊兆明矣。（出『玉堂間話』）

巻之十・徵應二「耶孤兒」

晉石高祖父事戎王、禮分甚至、此則以羅紈・玉帛・瑞錦・明珠、竭中華之膏血以奉之、彼則以貂皮、獸鞹、瘦馬、疲牛爲酬酢。庚子歲、遣使獻異獸十數頭、巨於貊、小於貉、兔頭狐尾、猱類狖掌。其名耶孤兒、北方異類、華夏所無、其肉鮮肥、可登鼎俎。晉祖不忍炮燔、敕使置於沙台院、穴而蓄之、仍令山僧豢養。自後蕃衍、其數漸多、沙臺爲其穿穴、迨將半矣。都下往而觀者、冠蓋相望。司封郎中王仁裕爲其不祥之物、因著歌行一篇題於沙臺院西垣以誌之。其歌曰、北方有獸生寒磧、怪質奇形狀不得。如貊如貉不貊貉、犺指兎頭猴頳頷。善拿攫、能跳躑。中華有眼未曾識。天矯貴族用充庖、鳳髓龍肝何所直。彼中君長重歡盟、藉手將通兩國情。方木匣身皮鏁項、萬里迢迢歸帝城。黄龍殿前初放出、乍對天威爭股慄。形軀無復望生全、相顧皆爲机上物。懼鼎俎、畏犧牲。天子仁慈不忍烹。送在沙臺深穴裏、永敎閑處放生長。郊外野僧諳物情、朝哺豢養遵明聖。澤廣羅疏天地寬、從此不憂傷性命。同華夷、共胡越。粒食陶居何快活。雖感君王有密恩、言語不通無所說。鑿垣牆、置陵闕。生子生孫更無歇。如是孳畜歲月多、兼恐中原總爲穴。耶孤兒、耶孤兒。語淺義深安得知。愚嘗竊議之曰、耶者、胡王也。兒者晉主也。言耶孤兒乃父辜其子也。其後戎王犯闕、刼晉主、據神州、四海百郡皆爲犬戎之窟穴、耶孤兒先兆可謂明矣。（出『玉堂閑話』）

卷之十・徵應二「胡王」

丙午歲十二月、戎師犯闕。明年三月十七日胡王自汴而北、是日路次於赤岡、日過晡、忽於胡王廬帳之中有聲殷殷然、若雷起於地下。有頃乃止。胡王懼、召術數者占其吉凶。占者紿曰、此土地神所作。乃命祭禱焉。四月中、過邢州、胡王遇疾、嘗一日向夕、有大星墜於穹廬之中。胡王見而惡之、但唾咒而已。藩漢從官無不覩其異。十六日行次欒城、其疾遂亟。二十一日、乃殂。訪其所殂之地、則曰殺胡林也。初、胡王之將南也、下令陳鄭間數州、悉使藏冰。至是嬰疾、熱作、不勝其苦、命近州輸冰。於手足心腋之間皆多置冰。已至於絕。及其殂也、左右破其腹、損其腸胃、用鹽數斗以內之。載而北去。漢人目之、爲帝羓(16)焉。嘗試論之曰、夷狄異類、一氣所生、歷代以來、互興疊盛。故周文王之時、西有昆夷之患、北有獫狁之難。秦項之後、匈奴始強。控弦百萬、抗衡中原。後漢中葉、患在諸羌。桓靈之衰、二虜尤熾。魏晉已降、喪亂弘多。竊命盜國、蓋非一焉。周隋之間、吐渾爲暴。大業之後、突厥稱制。皇唐受命、頗患諸戎。貞觀之初、廷陀内侮。天后之際、奚霫犯邊。次則吐蕃大興、後則回紇作孽。黄蔡之末、沙陀得志。爰及後世、契丹最雄。自非明主賢君、神功聖徳、則不能攘猾夏亂華之類、拯横流熾爨之災。觀夫契丹自數十年以來、頗有陵跨之意、呑併諸國、奄有疆土。淸泰之末、横行中原、興晉滅唐、假號稱帝、幽燕雲朔、盡入堤封。玉帛綺紈、悉盈沙漠。石氏失馭、奸臣賣國、雄師穀卒、束手送降。赤子蒼生、連頭受君(17)戮父失守、將相爲俘、荆棘鞠於宮廷、狐兔游於寢廟。雲昏日慘、鬼哭神悲。開闢已還、未有若此之亂也。豈非時鐘剝道、天產奸雄、不然、則安得鉤爪鋸牙、恣行呑噬、氈裘在衽、專爲桀驁。且夫一女銜冤、三年赤地、一夫仰訴、五月嚴霜。豈有百萬黎庶、膏鋒血刃、而蕩蕩上帝、竟無意於覆燾乎、物不可以終否、道不可以終窮。天方啓漢、眞人崛起、渠魁殞斃、腥穢自除。詳其殷雷之怪、藏冰之兆、殺胡之讖、星墜之妖、則胡王之死也、豈偶然哉、豈偶然哉。（出『玉堂閑話』）

卷之十・定數一「王陟(18)」

太原王陟、貞元初應進士擧、時京師宣陽里有善筮生、常居此南垣之下、俗號曰垣下生、占事必中。陟從筮焉。生卦成、久不復言、又大(19)嗟異。陟心動、謂已有算盡之兆、啓問生、豈非其祚促乎。生曰、不然。此卦郎君後二十三年及第、是歳狀頭、更兩年而生。郎君待此人應擧。然合同年及第。某所以訝之、有如此事。陟之筮、貞元二年也。陟密識之。後擧、累皆爲主司所絀。陟遂五嶺之遊。至廬陵郡謁太守馬該、深爲該所知遇、仍妻以幼女。陟回翔嶺表凡十三四年。元和初始復有意西上。初至京、陟不甚記垣下之所剋。比張弘靖舍人知擧。陟及第。榜出後、於禮部南院、序列侯參主司、各通姓氏。及見首立者、白皙如玉、富有春秋、卽韋瓘也。陟忽記垣下之言、試問其年、韋公答云、某春秋、一十九年。陟遽應之、先輩所隱、祇二年、何不誠也。如是、且先輩貞元四年生、陟知之。璀矍然、乃取垣下生所記示於衆。衆人大驚。璀由此以實告。（出『續定命錄』）

卷之二十二・輕薄「侯泳」[20]

唐咸通中、擧子侯泳有聲彩、亦士流也、而闕恭愼。豆盧琢罷相守僕射、乘閑詣僧院、放僕乘他適、而於僧宇獨坐、皤然一叟也。泳自外入門、殊不顧揖。傲岸據榻、謂叟曰、文參長史乎。[21]叟曰、非也。又問曰、令錄乎。曰、非也。遠州刺史乎。亦曰、稍高。又曰、少卿監乎。答六、[22]更向上。侯生矍然不安處、疑是丞郎、忽遽而出。至門、見僕御肩輿旋至、方知是豆盧相公也。歸去、自咎悚惕、貢一長牋首過。賴曾有卷及門、既通入、泳乃自陳乖失、琢亦遜謝、恕其不相識也。留而命酒、凡勸十盃、乃小懲也。仍云、雖不奉訏、[23]然凡事更宜在意。侯慙灼無以自容。先是、豆盧家昆弟飮淸酒而已、侯氏盛饌而飮。此日每飮一杯、回乎摘席經咀之、幾不濟、所謂雅責也。（出『北夢瑣言』）

以上『廣記』の佚文五篇を擧げてみたが、これらの話は、本來『廣記』のどこに收められていたのだろうか。佚文五篇の中でも「蕃中六畜」・「耶孤兒」・「胡王」の三篇は、とかく議論の多い問題の箇所である。この問題について、考察されたのが金長煥氏の論考である。[24]以下にその內容を確認しておく。

…（略）…「蕃中六畜」・「耶孤兒」及「胡王」等三篇記事均出現在「汪鳳」和「徐慶」兩篇記事之間。然而從它們出現的卷數來看、「汪鳳」出現在『太平廣記』的卷一四〇中、而「徐慶」則出現在卷一四三中。由此我們推測、上述三篇記事也應該出現在宋刋本『太平廣記』的卷一四〇到卷一四三之間。又根據這三篇記事的出處都是「邦國咎徵」這點來看、三篇記事都出現於宋刊本卷一四〇的可能性相當大。

……（略）……「蕃中六畜」・「耶孤兒」及び「胡王」の三篇は、（『詳節』では）みな「汪鳳」と「徐慶」の二話の間に位置する。そしてこれらが收められている卷數から見れば、「汪鳳」は、『廣記』の卷一四〇に收められており、「徐慶」は卷一四三に收められている。このことから推測すると、上述の三篇の話も、宋本『廣記』の卷一四〇から卷一四三の間に收められていたはずであろう。また、これら三篇は、いずれも「邦國咎徵」に關する話であることから、三篇の話はどれも宋本『廣記』卷一四〇に收められていた可能性がかなり大きい。

このように金長煥氏は述べておられる。少し補足しておくと、現行『廣記』卷一四〇の分類項目は「徵應」になり、「徵應」の分類項目の下にはさらに、周邊諸國の凶兆の話を記す「邦國咎徵」の細目が附けられている。次の卷一四一の分類項目は同じ「徵應」だが細目が異なり、臣下の凶兆について記した「人臣咎徵」が細目となっている。この「人臣咎徵」の細目は、卷一四一に始まり卷一四五まで續く。『詳節』中に見られる「蕃中六畜」・「耶孤兒」・「胡王」の三篇は、いずれも周邊異民族の夷狄戎における不吉な兆しについて記された話である。これら三篇は、現行『廣記』卷一四〇の話「汪鳳」と、『廣記』卷一四三の話「徐慶」の間に挾まれており、かつ周邊諸國の凶兆の話を集めた卷というと、該當するのは卷一四〇しかなく、『廣記』の佚文である「蕃中六畜」・「耶孤兒」・「胡王」の三篇は、本來卷一四〇に收められていただろう、と金長煥氏は推測されているのである。張國風氏も同じ見解を示されており、『詳節』に見られるこれら三篇の佚文は、卷一四〇に收められていただろうと判斷されている。(25)

これに對して、『詳節』に見られる「蕃中六畜」・「耶孤兒」・「胡王」の三篇は、本來『廣記』巻一四〇に收められていたのではなく、巻一四一だとする說がある。溝部氏と金程宇氏の說である。溝部氏は、「『太平廣記詳節』巻十「蕃中六畜」・「耶孤兒」・「胡王」（全て出典は『玉堂閑話』）は現存の『太平廣記』各種版本には見られない話である。前後は巻一四〇の話「汪鳳」と、巻一四三の話「徐慶」に挾まれており、成任が全體を通じて『太平廣記』原本に忠實に抄錄していることから見て、この三篇は本來巻一四一を構成していた話の一部である可能性が大きい」と指摘されているが(26)、これ以上の說明がないので詳細は分からない。一方、金程宇氏は、『廣記』諸本の一つである陳鱣手校本を根據に、『詳節』に見られる「蕃中六畜」・「耶孤兒」・「胡王」の三篇は、巻一四一に收められていたと主張されている(27)。それに據ると、

…（略）…我們可利用陳鱣校宋本所提供的宋本總目。陳鱣校宋本巻一四〇爲「徵應六邦國咎徵」、巻一四二・一四三分別爲「徵應八　人臣咎徵」・「徵應九　人臣咎徵」。顯然、從內容上看、《詳節》所存三篇佚文出自於巻一四一的可能性最大、當爲「徵應七　邦國咎徵」。

…（略）…我々は陳鱣手校本が提示する「太平廣記總目錄」が活用できよう。陳鱣手校本（の「太平廣記總目錄」では）巻一四〇は「徵應六・邦國咎徵」になり、巻一四二・一四三はそれぞれ「徵應八・人臣咎徵」・「徵應九・人臣咎徵」になっている。明らかに、內容から考えて、『詳節』に存在する三篇の佚文は、巻一四一である可能性が一番高く、まさに「徵應七・邦國咎徵」であったに違いない。

この金程宇氏の說は、確かに巻一四一「徵應七・邦國咎徵」が存在したかもしれないと思わせるが、だからと

言って、『詳節』に見られる「蓄中六畜」・「耶孤兒」・「胡王」の三篇が、巻一四一に收められていたとは、にわかには斷じ得ないはずである。要するに金程宇氏の說が意味するものは、「邦國咎徵」の細目が二巻にわたって見られる、ということに過ぎないからである。從って、金程宇氏の說に從えば、『詳節』に見られる「蓄中六畜」・「耶孤兒」・「胡王」の三篇は、巻一四〇「徵應六・邦國咎徵」、あるいは巻一四一「徵應七・邦國咎徵」のどちらに收められていてもおかしくないのである。

『廣記』巻一四一は、張國風氏が「巻一四一的原貌將永遠是一個謎（巻一四一の本來の姿は永遠の謎である）」[28]と言われるほどに、各諸本の間でもとりわけ異同が激しく、問題にされてきた巻である。張國風氏の調査では、『廣記』諸本の巻一四一の樣相は、孫潛校本および陳鱣手校本は、巻一四一は目錄と本文ともに缺く。談愷刻本は、巻一四二を二分して、巻一四一、巻一四二としている。沈與文野竹齋抄本では、巻一四二の前半十五篇を削除して、後半十六篇を巻一四一に充てている。そして、巻一四三を二分して、巻一四二、巻一四三としている。以上の張國風氏の報告から、『廣記』巻一四一は、南宋の時點ですでに失われていた可能性がある。

『詳節』に見られる三篇の『廣記』佚文が本來巻一四〇に收められていたのか、あるいは巻一四一なのかは判斷が難しいが、ここで別の觀點から考え直してみたい。

そもそも『廣記』は、ある一定の判斷基準のもとに記事を選錄している[29]。序章でも論じたように、選びとられた話は、ジャンル別に分類され、話に出てきた中心人物の名前を題名にして收錄されている。これに伴い、收錄に際しては、人物名を條文の冒頭に出すという體裁になっている。收錄された記事の配列は、話の中に見られる時代背景の順になっている。無論、いつ頃の話か詳細がわからない內容もあるので、多少前後することはあり得るが、記事を時代順に配列するという體例は守られている。そこで、『詳節』中に見られる「蓄中六畜」・「耶孤兒」・

「胡王」の三篇が描かれている時代を、前後の話と併せて確認してみる。

その前に、孫潛校本の巻一四〇には、他の諸本には見えない篇目十四篇があるという。張國風氏に據ると、談愷刻本巻一四〇は、「大星」・「火災」・「水災」・「僧一行」・「汪鳳」・「僧普滿」・「秦城芭蕉」・「睿陵僧」・「興聖觀」・「駱駝杖」の十篇を収めている。孫潛校本の巻一四〇では「大星」・「火災」・「水災」・「僧一行」・「汪鳳」・「僧普滿」の六篇は他の『廣記』諸本と同じで、この後に、目録に篇目はあるが本文が失われている「有目無文」の篇目「朱來鳥」・「赤虹」・「五色雲」・「突厥」・「神撼緣」・「文星」・「聖善寺」・「峴陽池」・「雨雹」・「金山寺」・「太平寺」・「葉戲」・「寢殿」・「牛毛」の十四篇があるという。[30] ここに見える十四篇のうち、「朱來鳥」と「聖善寺」の二篇は、『太平廣記會校』（張國風會校本、北京燕山出版社、二〇一一）に佚文として、それぞれ『杜陽雜編』と『唐闕史』から引用して巻一四〇に収録されている。また、「神撼緣」の話が紹興十年（一一四〇）に刊行された曾慥の『類說』に見える。『廣記』成立後に作られた小說の總集としては比較的大部な書物で、全六十巻である。[31] 上は先秦から下は北宋までの雜史・傳記・小說などを収録の對象とし、依據した出典ごとに話を収めている。『類說』に収める「神撼緣」の話の出典は、『戎幕閒談』になる。この『戎幕閒談』は、『廣記』でも典據として用いられており、巻一四三でも「韓滉」と「李德裕」の話が『戎幕閒談』から採録されている。孫潛校本では本文が失われているので確かなことは言えないが、孫潛校本巻一四〇にみえる篇目「神撼緣」の話は、おそらく『類說』に収録されている「神撼緣」の内容に近いものであっただろうと推測される。

さて、『詳節』中に見られる「蓄中六畜」・「耶孤兒」・「胡王」の三篇が描かれている時代背景の順を、前後の話、および孫潛校本に見られる「朱來鳥」・「聖善寺」と「神撼緣」の三篇と併せて、時代順に竝べたのが以下の表である。

<table>
<tr><th>篇目</th><th colspan="2">話の中に見られる時代</th><th>『詳節』</th><th>孫潛校本</th><th>談愷刻本</th></tr>
<tr><td>僧一行</td><td colspan="2">唐開元十五年（727）</td><td>卷之十・徵應二</td><td>140</td><td>140</td></tr>
<tr><td>汪鳳</td><td colspan="2">天寶二年（743）十月發至十四年（755）冬祿山起戎</td><td>卷之十・徵應二</td><td>140</td><td>140</td></tr>
<tr><td>僧普滿</td><td colspan="2">唐大歷中（766～779）</td><td>×</td><td>140</td><td>140</td></tr>
<tr><td>朱來鳥</td><td colspan="2">建中二年（781）</td><td>×</td><td>140（有目無文）</td><td>×</td></tr>
<tr><td>秦城芭蕉</td><td colspan="2">庚午辛未之間（790～791）乙亥歲（795）</td><td>×</td><td>×</td><td>140</td></tr>
<tr><td>神撼條</td><td colspan="2">『類說』長慶中（821～824）贊皇爲學士時</td><td>×</td><td>140（有目無文）</td><td>×</td></tr>
<tr><td>聖善寺</td><td colspan="2">乾符初（874～879）</td><td>×</td><td>140（有目無文）</td><td>×</td></tr>
<tr><td>蕃中六畜</td><td colspan="2">後唐甲午乙未之歲（934～935）</td><td>卷之十・徵應二</td><td>×</td><td>×</td></tr>
<tr><td>耶孤兒</td><td colspan="2">晉石高祖父事戎王。……庚子歲（940）</td><td>卷之十・徵應二</td><td>×</td><td>×</td></tr>
<tr><td>胡王</td><td colspan="2">丙午歲十二月、戎師犯闕。（947）</td><td>卷之十・徵應二</td><td>×</td><td>×</td></tr>
<tr><td>突厥</td><td colspan="2">不明</td><td>×</td><td>140（有目無文）</td><td>×</td></tr>
<tr><td>睿陵僧</td><td>不明</td><td rowspan="3">出典は、王仁裕『王氏見聞錄』。王仁裕（880～956）の『王氏見聞錄』は、唐末から五代までの奇聞異事の話を記すことから、下限は956年までとする。</td><td>×</td><td>×</td><td>140</td></tr>
<tr><td>興聖觀</td><td>不明</td><td>×</td><td>×</td><td>140</td></tr>
<tr><td>駱駝杖</td><td>不明</td><td>×</td><td>×</td><td>140</td></tr>
<tr><td>徐慶</td><td colspan="2">唐高宗時（649～683）</td><td>卷之十・徵應二</td><td>143</td><td>143</td></tr>
</table>

『廣記』體例に則して、各話を時代順に竝べてみると、『詳節』に見られる「蕃中六畜」・「耶孤兒」・「胡王」の三篇は、「聖善寺」の後に位置することがわかる。あるいは、『詳節』に見られる三篇の前に「突厥」の話がくるかも知れない。いずれにしても、孫潛校本に「突厥」の篇目が見られることは、大きな絲口になり得よう。その篇目名からも明らかなように、突厥に關わる凶兆について記す話であろうと想像できるからである。ならば、『詳節』に見られる三篇もそれぞれ周邊諸國の凶兆の話を記す內容であることから、『詳節』に見られる三篇は、「突厥」の話の前か後に位置した可能性が大きい。從って、『廣記』の引用記事は時代順に配列されているという觀點からすると、『詳節』に見られる「蕃中六畜」・「耶孤兒」・「胡王」の三篇は、本來卷一四〇の「聖善寺」（または「突厥」）の後に収められていた話であったと想定することができよう。

四、『太平廣記詳節』の底本は『廣記』宋本の北宋本か

前節でも見てきたとおり、『詳節』には現存するほかの『廣記』諸本には見られない話が存在する。この事實は、『詳節』が『廣記』宋本の原貌の一端を今に傳えることを意味するものである。よって、『詳節』の底本は、『廣記』宋本に由來する刋本（あるいは抄本かもしれない。『詳節』に收録されている話は、程度の差こそあれ、ほぼ偏ることなく『廣記』の九十二部ある分類項目の中から選録されていることから考えて、おそらく刋本であったのではないかと推測するが、いまは立ち入らない）であることに疑いはないだろう。

實は『詳節』本文に、同書が宋本に據っていることを示す明證が存在するのである。談愷刻本を底本とした現行の通行本『廣記』（中華書局汪紹楹點校本および『太平廣記會校』張國風會校本）卷二五二・詼諧に收められている「俳優人」の一文に「時崔相胤密奏曰」と見られるが、その注に據れば、孫潛校本および沈與文野竹齋抄本では、「胤」の字の下に「名犯太祖廟諱」と小字の注で宋太祖の諱を避けているという。「俳優人」の話は、『詳節』にも採られており、當該箇所には「胤」字自體が存在せず、「時崔相名犯太祖廟諱密奏曰」と小字雙行の注に代えている[32]。宋太祖の諱である「胤」の字が避けられていることから、『詳節』の底本が『廣記』宋本であることは明らかである。

では、『詳節』が依據した『廣記』宋本は、北宋本なのか、あるいは南宋本なのか、どちらであろうか。この問題は、十分に議論がなされておらず、未だ解決に至っていない。『詳節』の底本について言及しているのは、管見の限りでは、張國風氏・溝部氏・金程宇氏の論考である。張國風氏は、『廣記』宋本か明本かを問い、宋本であると結論されている[33]。溝部氏は南宋本ではないかと推測されている[34]。金程宇氏は、北宋本だと判斷されている[35]。果

たして、實際はどうであろうか。この問題を検討し、これまで本書が示してきた見解の妥當性を検證することこそが、本章における最大の目的である。

さて、これを考える上で手がかりとなりうるのは、やはり避諱である。『詳節』における避諱の状況を調査してみると、北宋の歴代皇帝の諱は、宋太祖の諱を避けている以外、どの皇帝も避けられていなかった。南宋では、高宗の諱である「構」の字が缺畫されていた。次の皇帝である孝宗の諱「昚（愼）」は改められておらず、そのまま用いられていた。一方、朝鮮王朝期の王の諱はどうであろうか。『詳節』は、朝鮮世祖八年（一四六二）に刊行されているので、世祖（諱は、瑈〔유《ユ》〕）から朝鮮王朝建國者・太祖（一三五七～一四〇八。諱は旦〔단《タン》〕）まで遡って調べてみたところ、どの王も避けられていなかった。つまり、『詳節』における避諱の状況は、中國皇帝の宋太祖と南宋高宗の諱しか避けられていないということになる。このことは、『詳節』が基づいた『廣記』は、南宋本に基づいて編集されたことを意味する。

だが、南宋本であれば、なぜ北宋諸帝の諱を避けていないのだろうか。常識的に考えて、高宗より前の皇帝の諱は避けられてしかるべきであろう。宋太祖と南宋高宗の諱だけを避けている状況は一體なにを意味するのだろうか。『廣記』は、太宗の時に板木が彫られているが、その原刻を用いて、南宋の高宗期に印刷されたのではないかと推測する。これについては後述するが、そうだとすると、北宋諸帝の諱をすべて避けるのは及び難いので、今上皇帝である高宗の諱だけを避けたのではなかろうか。ちなみに、板木が太宗の時のものであろうにも拘わらず、太宗の諱が避けられていないのは、太宗の諱である「炅」の字が『廣記』・『詳節』の中で用いられていないからである。以上のことから、『詳節』の底本は、北宋太宗の時に刊行された『廣記』の本文の形のままで、それを南宋高宗期に覆刻したか、あるいは、北宋太宗の時の板木を用いて、南宋高宗期に印刷された『廣記』（ひとまず今は、便宜上これを「南宋本」と稱することにし、以下、「『廣記』宋本の南宋本」というときは、特に斷りのない場合は、北宋太宗の時に刋行された板木を用いて、南宋高宗期に印刷された『廣記』のことを指す。板木が原刻か覆刻かについては、檢證の後に判斷したい）であると言えるだろう。

五、本書がこれまでに提示した見解の妥當性の檢證

『詳節』に見られる高宗の諱である「構」の字が缺畫されているという避諱の狀況から、『詳節』の底本は、『廣記』宋本の南宋本であると結論した。

それでは、『詳節』が基づいた『廣記』が北宋本ではないということは[36]、一體なにを意味するのだろうか。そもそも、高麗には、北宋期に、それも元豐三年までに『廣記』は傳わっていたはずである。本章のはじめでも觸れたように、王闢之の一文がそのことを示唆していた。王闢之の記述（および『續資治通鑑長編』の記錄）から、高麗には『廣記』宋本の北宋本が渡っていたと考えられるわけだが、『詳節』の底本が『廣記』宋本の南宋本である以上、當然のこととして、元豐三年（高麗文宗三十四年）までに傳わった『廣記』は、『詳節』の底本ではないということになる。すなわち、元豐三年までに『廣記』は高麗に流入し、南宋期になって、高宗期に刋行された『廣記』が再びもたらされたことになる。中國側の文獻で、南宋高宗期に『廣記』が刋行された記錄は殘されていない。しかし、刋行されたであろうことを示す記錄がある。それは、第四章で言及した『南宋館閣錄』の記錄である。

ここで、これまで本書が論じてきた『廣記』成立後の出版經緯についての見解を整理すると、

①『廣記』は版刻された當時から閲覽可能であり、その狀況は仁宗天聖五年に晁迥が著した『法藏碎金錄』に引かれるまで繼續する。

②王應麟が言うところの、「學者が急ぎ必要とするものではない」という異論は、仁宗皇帝が出した天聖の詔が要因となって提出されたものと見られる。異論が出された時期は、天聖六年頃から、遲くとも天聖年間だと考えられる。異論が出された後、『廣記』は一時期世に行われなくなる。

③『廣記』が再び世に廣まりはじめる時期は、元豐年間から元祐年間であろうと考えられる。

④南宋期に入り、紹興十四年（一一四四）の時點で『廣記』版木が祕書省に收められていた。しかも、紹興二十九年（一一五九）閏六月に行われた曝書會までに、『廣記』はすでに印刷されていた可能性が極めて高い。

⑤『廣記』刊行に際して、兩浙轉運司が大きく關わっている可能性がある。

上記③で示した、『廣記』が再び世に廣まりはじめる時期を元豐年間から元祐年間と推定したというその根據は、蘇軾とその周邊および王闢之の文に、『廣記』に取材した記事が見られることにある。王闢之の文とは、元豐年間（實際には元豐三年（一〇八〇）十二月）に入貢した高麗の使者が詠じた詩序に見られる「靑脣」の語の典據が『廣記』に見られるという記事を指す。この記事は、元豐三年より前の時點で、かつ、異論が提出される前（＝「太淸樓に板木がしまわれ」る前）、つまり天聖五年（高麗顯宗十八年）以前に『廣記』は高麗に傳わっていたことを示唆する。『廣記』が版刻され頒布されてから天聖五年までのあいだ、『廣記』が世に行われており、閲覽も可能であったとはいえ、中國における『廣記』の流通は非常に少ない。その限られた狀況の中で『廣記』は高麗まで渡っていたということになるだろう。そして、この事實は、これまでに本書で論じてきた、『廣記』は版刻された當時から閲覽可能であったとする說を補强するものである。

繰り返しになるが、本書で行った檢證では、王應麟が言うところの、「學者が急ぎ必要とするものではない」という異論が提出された後、『廣記』は、天聖六年頃（遲くとも天聖年間）から、元豐三年を經て元祐年間にわたる一時期世に行われなくなる。つまりこの期間は、王應麟の言うところの「太淸樓に板木がしまわれ」ていた時期にあたる。その後南宋期に入ると、『南宋館閣錄』の記錄では、紹興十四年（一一四四）の時點で祕書省に『廣記』版木が收められていた。さらに、紹興二十九年（一一五九）閏六月に行われた曝書會で『廣記』が參加者に下賜されている。これらの記錄から、紹興十四年から紹興二十九年閏六月までの間に、『廣記』はすでに印刷されていた可能性が高い。實際、紹興二十九年閏六月に行われた曝書會を契機に、『廣記』の受容は急速に擴大しており、中國における『廣記』の流通は、北宋期に比べると相當に廣がっている。『詳節』の底本が『廣記』宋本の南宋本で、しかもそれが高宗期であるという事實は、紹興十四年から紹興二十九年閏六月までの間に印刷された『廣記』に由來する可能性を示唆する。

これを中國側の文獻で確認するのは困難であるが、韓國側の文獻ではどうであろうか。『廣記』の名がはじめて見える文獻は、(37)「翰林別曲」という歌謠においてである。松原孝俊氏が譯注した李能雨氏の「中國小說類の韓來の記事」に據ると、

「太平廣記」

この文籍は中國から輸入されてから後、高麗・李朝の文人の間に廣く知られていた物であった。『太平廣記』は宋の太平興國二年（九七七）年に成立したが、『文苑英華』および『太平御覽』の編刊とほぼ同時期である。『文苑英華』や『太平御覽』が中國で刋行されてから約一～二世紀經過してから、わが國に輸入されていることから推定して、『太平廣記』もおそらく同時期に輸入されたと考えても良いのかもしれないが、記録は一切ない。

韓國において、『廣記』がいつ頃流傳したかの記録は殘されていないようである。しかし、李能雨氏は續けて次のようにも記している。

ただ、高麗の高宗（一二一四～一二五九）代に制作された『翰林別曲』を見ると、この文籍の名が載っており、おそらく宋の商人から『太平御覽』を購入した一一九二年とは遠く離れない時期に來韓したようである。

『高麗史』志第二十五、樂二、巻七十一―四十一A

「翰林別曲……唐漢書、莊老子、韓柳文集、李杜集、蘭臺集、白樂天集、毛詩、尙書、周易、春秋、周載禮記……太平廣記四百余巻、偉歴覽景何如……」

『太平廣記』に關する記録は、高麗時代にはこれ以上發見できないが、李朝に入ると、いくつか目にすることができる。（以下略）

『廣記』の名が見えるという「翰林別曲」とは、高麗高宗時代（一二一四〜一二五九）に、翰林院にいた文人らが、翰林院における日常の生活などの情景を詠んで、共同で創作した歌謠のことである。八聯からなり、各聯ごとに一つの情景が詠まれる。各聯の終わりの部分に「偉〜景如何（または景幾如何）」という囃子ことばのリフレインがつくことから景幾體歌とも呼ばれている。「翰林別曲」に「太平廣記四百餘卷」と見えるのは、第二聯である。「翰林別曲」の歌詞では「太平廣記四百餘卷（傍點筆者）」となっているが、これについて言及した論考はない。おそらく、歌のリズムの都合などで「太平廣記五百卷」とすべきところを「太平廣記四百餘卷」と歌ったのではないかと想像されるが、推測の域を出ず、詳細は分からない。

「翰林別曲」がいつ作られたのかは定かではない。しかし、第一聯に「李仁老（一一五二〜一二二〇。字は眉叟、號は雙明齋）」や「李奎報（一一六八〜一二四一。字は春卿、號は白雲）」など八人の名前が見えることから、[38]「翰林別曲」が作られたのは、高麗高宗七年（一二二〇）までであることが推測される。

李能雨氏は、資料として「翰林別曲」を擧げて、「『太平廣記』に關する記錄は、高麗時代にはこれ以上發見できない」とされている。その指摘通り、直接『廣記』の名が見える文獻は、「翰林別曲」が最も早い。ただ、「翰林別曲」よりも早い時期の文獻にも『廣記』に關する記錄が見られることが報告されている。[39]それは、黃文通の「尹誧墓誌銘」に刻まれた記述に見える。[40]

『朝鮮金石總覽』上、一一八　開城「尹誧墓誌」

…（略）…於大金皇統六年、纂太平廣記撮要詩一百首、隨表進呈。上敎遣知奏事崔惟淸獎論曰、卿年高聰明、藻思如新、嘉歎不忘。

…（略）…大金皇統六年（一一四六）、『太平廣記撮要詩』一百首を編纂し、上表文とともに獻上した。王は教遣知奏事の崔惟清を遣わさせて、「そちは年嵩も高く聰明である。詩文は清新で、本當に感動し忘れることができない」とおほめになった。

この墓誌銘は、黄文通（詳細未詳）が高麗毅宗八年（一一五四、南宋高宗・紹興二十四年）に尹誧（一〇六二～一一五四。姓は尹、字は未詳。諱は誧。諡は烈靖公。春州横川縣の人）のために記したもので、その中に「『太平廣記撮要詩』一百首」と見える。『太平廣記撮要詩』がどのような書物なのか詳細はわからないが、『廣記』の中に見られる詩を百首選錄したものか、あるいは話の內容を詩の形にまとめたものであろうと想像する。おそらくは後者であろうと思われるが、いずれにしても、ここで重要なことは、「太平廣記」と冠する書物が大金皇統六年（一一四六、高麗仁宗二十四年、南宋高宗・紹興十六年）には存在したことである。この記錄は、朝鮮における文獻上最も早くに『廣記』に關する記述が見られる史料である。

尹誧が讀んだであろう『廣記』は、元豐三年（高麗文宗三十四年）までに傳わった『廣記』である可能性もあるが、おそらく、南宋期に入ってから傳わったものである可能性が高い。墓誌銘に記されている大金皇統六年、つまり南宋高宗・紹興十六年といえば、南宋では、紹興十三年（一一四三）に敕命により兩浙轉運司が祕書省を建て直し、翌年の十四年（一一四四）に、祕書省は新省舍に引っ越しをしている。そして、紹興十四年の時點で祕書省に『廣記』版木が收められていた。尹誧が讀んだであろう『廣記』が南宋期に入ってから傳わったものであると假定すると、紹興十六年までに高麗にもたらされていなければならない。とすると、紹興十四年に新省舍に引っ越しをした祕書省は、試し刷りのようなことを行ったのではないだろうか。この予想は時間的にも符合する。では、なぜ試し刷りのようなことが行われたのか。

おそらく、『廣記』の板木を覆刻あるいは原刻の板木に手を入れたからだと推測する。第四章第三節でも言及したように、祕書省の新省舍に收められていた『廣記』の板木が、太淸樓に保管されたとされる板木と同一のものであるという確證はない。ただ前節で檢證したとおり、『詳節』の底本が『廣記』宋本の南宋本で、高宗の諱である「構」の字が缺畫されていたという事實から考えてみると、『廣記』の板木は、南宋に入ってから、新たに彫り直されたか、あるいは原刻の板木に手を入れたかのどちらかがなされたであろうと思われる。おそらく後者ではなかろうか。『詳節』に見られる高宗の諱である「構」の字は、十二畫目の縱棒を缺く字形である。「構」の字の縱棒だけを削り落とした可能性も考えられる。この手法なら原刻本を新たに彫りおこす手間も時間も大幅に節約できる。そうだとすると、前節で推測した、北宋諸帝の諱をすべて避けるのは及び難いので、今上皇帝である高宗の諱だけを避けた、その理由も明らかになる。時間と手間を節約するため、今上皇帝だけを避諱するという必要最小限の手を加えて（宋太祖の諱は原刻ですでに避諱されており、宋太宗の諱字は『廣記』中には用いられていない）印刷されたことになるだろう。

南宋に入って、再び高麗に『廣記』が流入したのが紹興十六年までだとすると、高麗に渡った『廣記』は、紹興十四年から十五年の間に『廣記』の板木を新たに彫りおこし印刷されたものと考えるよりも、もともとあった板木に手を加えて印刷されたものであったと想定するのがより妥當ではないかと思われる。そうであるならば、紹興十四年の時點で祕書省に收められていた『廣記』の板木は、太淸樓に保管されたとされる板木と同一のものである可能性が出てくる。これまでに檢證してきたことがその可能性を示唆しており、『詳節』に見られた避諱の狀況とも符合する。因って、祕書省の新省舍に收められていた『廣記』の板木は、太淸樓に保管されたとされる板木と同一のものとみて、ほぼ間違いないだろうと思われる。ただし、現實問題として、北宋滅亡の後に、南宋まで四千枚近くの『廣記』板木を運んだのかということが疑問として殘る。この問題は、どう解決すべきであろうか。考えられる可能性は一つしかない。北宋原刻の板木は、北宋滅亡の際に失われたが、印本は存在した。南宋高宗期に覆刻することになり、手間を省くために北宋印本をそのまま覆刻した。その時に、北宋諸帝の諱をすべて避けるのは繁雜すぎるので、今上皇帝である高宗の諱のみ十二畫目の縦棒を削るという必要最小限の處置で濟ませたものと考えざるを得ないだろう。

以上のように、『詳節』の底本が『廣記』南宋本で、しかもそれが高宗期であることと、「太平廣記」と冠する書物が南宋高宗・紹興十六年（一一四六）に作られていたこと、この二つの事實は、これまでに本書で論じてきた、紹興十四年から紹興二十九年閏六月までの間に、『廣記』はすでに印刷されていた可能性が高い、とする說を強固に補強するものである。

小結

本章では、成仁が編集した『詳節』を對象に、『廣記』がいつ頃高麗に傳わり、その後どのように受容されてきたかについて論じてきた。とりわけ、『詳節』が依據した『廣記』宋本は、北宋本に據るのか、あるいは南宋本に據るのかという問題は、『廣記』成立後の受容狀況を考える上で極めて重要な意味を持つ。これまで本書が提示してきた見解は、中國側の文獻からであったが、本章において『詳節』を檢討することで、高麗に渡った『廣記』

について記される文獻・史料からこれを檢證し、これまでの見解の妥當性を中國と高麗・朝鮮王朝期の雙方の視點から考察してきた。

朝鮮半島に『廣記』がいつもたらされたのかを記録する文獻は、管見の限りでは見いだせなかったが、それを示唆する記述はいくつか存在する。

中國側の文獻では、王闢之の『澠水燕談錄』に『廣記』に關する記事が見られる。それには、元豐中に高麗の使者が入貢した折に、『廣記』に收められている話を典故に用いて詩序を成したことが記されている。高麗の使者が入貢したことは、『續資治通鑑長編』の記録にも見られ、入貢の時期は、元豐三年（一〇八〇）十二月のことと特定できる。韓國側の文獻では、現存する資料として、朝鮮王朝時代に刊行された書物に「太平廣記」と冠する書物がある。それが、本章で取り扱った『詳節』である。

『詳節』は、成任（一四二一～一四八四）が『廣記』五百卷の中から八三九話を選びとり、五十卷に編集し直して、朝鮮世祖八年（一四六二）に刊行されたものである。成任の編集姿勢は『廣記』に忠實で、本章末尾に附した一覽表からも窺えるように、全體を通じて『廣記』原本に準じて抄錄している。このように『廣記』原本に遵って話を選び取っているのだが、『詳節』には現存する『廣記』諸本には見られない話や、分類項目のズレが生じている箇所が存在する。中國に存在する『廣記』諸本と異なる部分をもつ『詳節』の實態は、『詳節』が『廣記』宋本の原貌の一端を今に傳えることを意味するものであり、『詳節』が資料的價値が高いとされる所以である。

『詳節』の他では、「尹誧墓誌」や「翰林別曲」の記錄に『廣記』の名が殘されている。「尹誧墓誌」の記述の中に、「『太平廣記撮要詩』一百首」と見え、ここでも「太平廣記」と冠する書物があることを確認できる。『太平廣記撮要詩』がどのような書物なのか、現存しないので詳細はわからないが、『廣記』に據って編纂されたものであることは確かである。また、編纂時期が大金皇統六年（一一四六）と記されていることから、この記錄は、現時點で韓國側の文獻上最も早くに『廣記』に關する記述が見られる史料でもある。「翰林別曲」は、翰林院の文人らが翰林院での情景や日常生活を詠んで、共同で創作した歌謠である。その歌詞の中に「太平廣記」の名が見える。この別曲がいつごろ作られたのかは定かではないが、高麗高宗七年（一二二〇）までに作成されたものと推定した。この資料は、高麗の知識人層に『廣記』が廣く傳わっていたことを示す資料である。

以上のような中國側の記錄と韓國側の書物や資料から、いつごろ『廣記』が朝鮮半島に流入し、廣まっていったのかについて考察した。その結果を基に、これまで本書で提示してきた見解の妥當性を檢證してきた。まずは『詳節』の底本が『廣記』北宋本なのか南宋本なのかという問題に答えるために、『詳節』における避諱狀況を調査した。その結果、『詳節』では宋太祖と南宋高宗の諱しか避けられていないことから、『詳節』の底本は、『廣記』南宋本であり、高宗期に印行されたものであると結論した。この結果および文獻にみえる記述は、以下のことを裏付ける。

王闢之の『澠水燕談錄』の一文は、元豐三年より前の時點で、かつ、天聖五年（一〇二七）以前に『廣記』は高麗に傳わっていたことを示唆する。『廣記』が版刻され頒布されてから天聖五年までのあいだ、『廣記』が世に行われており、閲覽も可能であったとはいえ、中國における『廣記』の流通は非常に少ない。その限られた狀況の中で『廣記』は高麗まで渡っていたということを意味する。この事實は、これまでに本書で示した見解、『廣記』は版刻された當時から閲覽可能であったとする說に符合する。そして、『詳節』の底本が『廣記』南宋本である以上、元豐三年までに傳わった『廣記』は、『詳節』の底本ではない。すなわち、元豐三年より前の時點で、かつ、天聖五年までに『廣記』は高麗に流入し、南宋期になって再び、高宗の時に刊行された『廣記』がもたらされたことになる。そして、このことは、紹興十四年から紹興二十九年閏六月までの間に『廣記』は印刷されていた可能性がある、とする本書の見解を補強する。さらに、祕書省の新省舍に收められていた『廣記』の板木は、北宋太宗期に刊行された『廣記』本文のまま、南宋高宗の諱だけを避けて覆刻されたものと判斷した。

このように、『詳節』について考察して得られた結果は、これまでに本書が提示してきた見解に、さらなる支持を與えるものである。

注

（1）韓國・中國における『太平廣記詳節』に關する主な先行研究に以下のものがある。本章でもこれらを參照した。なかでも第一節から第三節では、これらの先行研究に據るところが大きい。
①張國風「韓國所藏『太平廣記詳節』的文獻價值」（『文學遺產』二〇〇二、第四期）七五～八五頁。
②金長煥 李來宗 朴在淵「『太平廣記詳節』研究」（『中國語文學叢論』第二十九號、二〇〇四。および『朝鮮所刊中國珍本小說叢刊』五、附錄「關於朝鮮刻本『太平廣記詳節』」、上海古籍出版社、二〇一四）。
③장연호（Zhang Yan-Gao）「『太平廣記』의 한국 傳來와 影響」（『韓國文學論叢』第三十九、二〇〇五）一三五～一六八頁。
④金長煥『太平廣記詳節』편찬의 시대적 의미（『中國小說論叢』第二十三集、二〇〇六）一九一～二一四頁。
⑤金程宇「韓國古籍《太平廣記詳節》新研」（金程宇『域外漢籍叢考』、中華書局、二〇〇七。および『朝鮮所刊中國珍本小說叢刊』五、附錄「韓國古籍『太平廣記詳節』」、上海古籍出版社、二〇一四）。
⑥盛莉「『太平廣記』篇目考辨三則——以韓藏『太平廣記詳節』爲校勘依据」（『中南大學學報（社會科學版）』第十九卷第六期、二〇一三）二〇七～二一二頁。
⑦崔溶澈「朝鮮時代中國小說的接受及其文化意義」（『中正漢學研究』二〇一三年第二期）三三三～三五二頁。

（2）溝部良恵「成任編刊『太平廣記詳節』について」（『東京大學中國語中國文學研究室紀要』第五號）四五～六五頁。

（3）『太平廣記詳節』のテキストには、孫遜主編朴在淵・潘建國『朝鮮所刊中國珍本小說叢刊』四・五（上海古籍出版社、二〇一四）を用いた。

（4）成俔『慵齋叢話』「當今門閥之盛、廣州李氏爲最、其次莫如我成氏」（任東權編『韓國漢籍民俗叢書』卷七、東方文化書局、一九七一）參照。

（5）集賢殿は、高麗時代から存在していたが、朝鮮王朝期に世宗はこれを擴大・改編し、學術研究機關としての機能を擴充させた。當代の優秀な學者を集めてさまざまな分野に及ぶ編纂事業を行い、ハングル（訓民正音）も集賢殿で創製されている（イ・ウンソク、ファン・ビョンソク著／三橋廣夫・三橋尙子譯『韓國歷史用語辭典』明石書店、二〇一一、九一頁）。

（6）『朝鮮王朝實錄』世宗實錄一六九卷、世宗十五年八月二十日の條參照（『朝鮮王朝實錄』、國史編纂委員會、探求堂、一九八二）。

（7）『朝鮮所刊中國珍本小說叢刊』に收錄されている『詳節』の徐居正の序文は、冒頭から「然君」部分までを缺いているため、徐居正『四佳集』（『韓國文集叢刊』第十一輯、景仁文化社、一九八八）に據った。『四佳集』には、「詳節太平廣記序」になる。

（8）『朝鮮王朝實錄』（前揭注（6））成宗實錄二二三卷、成宗十九年十二月二十四日の條參照。

（9）成俔『慵齋叢話』卷之十（前揭注（4））參照。

（10）前揭注（1）—①參照。

（11）張國風『太平廣記版本考述』第二章・第二節「現存『太平廣記』版本的掃描」（中華書局、二〇〇四）參照。

（12）前揭注（11）、第三章「『太平廣記』版本的演變」參照。

（13）胡應麟『二酉綴遺』上（『少室山房筆叢』、中華書局、一九五八）參照。

（14）張國風氏はこれらのほかに、卷之二十一・嗤鄙「李文禮」、卷之二十六・神一「陽雍」の二篇も佚文である可能性を指摘されている。また、溝部氏も、「李文禮」および「陽雍」の二篇について、「現存『太平廣記』の各版本には、目錄、本文とも見當たらない。佚文の可能性がある」と指摘されている。

(15) 不鮮明により字は判別できないが、高麗大學晩松文庫藏本では「方」に作る（前掲注（1）―②參照）。

(16) 張國風氏の指摘によると、「羓」の字は、「羓」の誤りだとされている（前掲注（1）―①、および『太平廣記會校』張國風會校本、北京燕山出版社、二〇一一）。

(17) 張國風氏によると、この文に見られる「君戮」は、「戮君」の誤りの可能性があり、「連頭受戮君父失守」（傍點筆者）となるはずだと指摘されている（前掲注（16）參照）。

(18) 「王陟」の話は、文字に異同が見られるものの、『錦繡萬花谷後集』（自序に淳熙十五年〔一一八八〕と記されていることから、この頃に成立したものと考えられる）巻三十四・先知にも収められている（『北京圖書館古籍珍本叢刊』巻七十三、書目文獻出版社、一九八八）。

(19) 「大」の字は、『太平廣記會校』巻一五一によると「不」の誤りである（『太平廣記會校』六、張國風會校本、北京燕山出版社、二〇一一）。

(20) 「侯泳」の話は、唐の孫光憲著『北夢瑣言』巻八に見える（『北夢瑣言』、中華書局、二〇〇二）。

(21) 「文」の字は、『北夢瑣言』では「大」とする（前掲注（20）參照）。

(22) 「六」の字は、『北夢瑣言』では「曰」とする（前掲注（20）參照）。

(23) 「乎」の字は、『北夢瑣言』では「首」とする（前掲注（20）參照）。

(24) 前掲注（1）―②および④、第五節「『太平廣記詳節』收載佚文」を參照。

(25) 前掲注（1）―①參照。

(26) 前掲注（2）參照。

(27) 前掲注（1）―⑤、第四節「『詳節』所存『玉堂閑話』佚文之歸屬」を參照。

(28) 張國風『太平廣記版本考述』、第三章、第一節「卷一四一・一五〇的殘缺」（中華書局、二〇〇四）參照。

(29) 西尾和子「典據據料に見る『太平廣記』の性格――『太平御覽』との比較から――」（『和漢語文研究』第六號、二〇〇八)。
(30) 前掲注(28)參照。
(31) 岳鍾秀「訂刋類說序」に據れば、「蓋此書成於宋紹興六年曾公慥之手、計六十卷」と見える(『類說校注』、福建人民出版社、一九九六)。
(32) 前掲注(3)の卷頭に附されている解說「『太平廣記詳節』提要」に據る。
(33) 前掲注(1)―①第三節「『太平廣記詳節』刋刻於西元一四六二年、卽明英宗天順六年。可見這個選本與談本無關。那麼、『太平廣記詳節』的底本是宋本還是明本呢？　所幸我們現在尙有兩種宋校本和明人沈與文的野竹齋抄本可以參考比照。所謂宋校本、一是康熙年間孫潛的校宋本、一是乾隆年間陳鱣的校宋本。筆者將『太平廣記詳節』和這兩種宋校本及明抄本比較後、推測它的底本是宋本。『太平廣記詳節』的文字與孫校本・陳校本・明抄本吻合之處在在皆是。(以下略)」として、『詳節』の底本は、『廣記』宋本であると結論されている。
(34) 溝部氏は、「成任の『太平廣記詳節』は、この談刻本よりも百年ほど早い出版であり、成任が見た『太平廣記』は恐らく南宋のものであった」と推測されているが(前掲注(2)參照)、これ以上の說明がないので、その根據はわからない。
(35) 前掲注(1)―⑤參照。金程宇氏の說については後掲注(36)で詳述する。
(36) 金程宇氏は、『詳節』の底本は、『廣記』宋本の北宋本だとされている(金程宇、前掲注(1)―⑤論文、第三節「『詳節』源自宋本之確證」)。金程宇氏が『詳節』の底本は『廣記』北宋本だとする根據は、(1)『詳節』中にみえる「貞」の字が「眞」の字になる箇所が認められることから、仁宗の諱である「禎」字を避けて、「眞」の字に書き換えられているとして、高麗に傳わったのは仁宗の時期より後である、ということと、(2)『詳節』と南宋刋本に由來する『廣記』諸本とでは、佚文を含め、文字の異同などが大きく異なる、という二點から判斷されている。だがしかし、本章で行った調査では、本論でも言及した通り、北宋の歴代皇帝の諱は、宋太祖の諱を避けている以外、どの皇帝も避けられていなかった。金程宇氏が指摘されている箇所は、卷二十二『牛肅女』(『廣記』では、卷二七一所收)に見られる「應眞」の「眞」の字と、巻二十四『召皎』（『廣記』では、巻二七九所收）に見られる「田乾眞」の「眞」の字で、それぞれ「貞」の字が「眞」の字に改められていることを問題にされている。しかし、『舊唐書』・『新唐書』や『資治通鑑』などの記録に據ると「田乾眞」の「眞」の字は、このまま正しく（田乾眞…生没年不詳。小字は阿浩。安祿山配下の武將）、「貞」の字が誤りである。つまり、『詳節』が正しいのであって、『廣記』諸本が間違っているのである。『廣記』諸本が、「貞」の字になっているのは、「貞」の字が「眞」の字形に近いことから誤ったものと考えられる。一方、『詳節』巻二十二所收の「牛肅女」において、「貞」の字が「眞」の字になるのは、三箇所である。確かに、この箇所は、通行本『廣記』（中華書局汪紹楹點校本および『太平廣記會校』張國風會校本）に據ると、「貞」の字になる。本章でテキストとして使用した『朝鮮所刊中國珍本小說叢刊』所收の『詳節』における「貞」の字は、全部で七十二箇所が該當した。そのうち、「貞」の字が「眞」の字になる箇所は、金程宇氏が指摘された六箇所（「田乾眞」の「眞」の字は、このまま正しいことが判明したので、實際は三箇所）のみである。この調査結果から推測されることは、七十二箇所の「貞」の字のうち三箇所だけを避諱したとは考えがたく、金程宇氏が指摘されている箇所は、おそらく形近の誤である可能性が高いだろう。

（37）原著李能雨、編集・翻譯・譯注松原孝俊「譯注「中國小說類の韓來の記事」」（『言語文化論究』五、九州大學言語文化部、一九九四）一六七～一八七頁。

（38）『高麗史』七十一巻、志二十五、樂二俗樂に據ると、「翰林別曲」の第一聯は、「元淳文（兪元淳）仁老詩（李仁老）公老四六（李公老）李正言（李奎報）陳翰林（陳澕）雙韻走筆。基對策（劉沖基）光鈞經義（閔光鈞）良鏡詩賦（金良鏡）偉試場景何如」になる（鄭麟趾『高麗史』、國書刊行會、一九〇九年）。

（39）前掲注（1）―②および⑦參照。

（40）『朝鮮金石總覽』上（朝鮮總督府、一九一九）參照。

〈『詳節』と『廣記』の對應表〉

『詳節』			『廣記』			備考
巻數	項目	篇目	巻數	項目	篇目	
巻之一	神仙一	漢武帝	3	神仙	漢武帝	
		徐福	4		徐福	
		月伎使者			月支使者	※『詳節』の「伎」は「支」の誤。
		墨子	5		墨子	
		劉安	8		劉安	
巻之二	神仙二	河上公	10		河上公	
		欒巴	11		欒巴	
		左慈			左慈	
		壺公	12		壺公	
		郭文	14		郭文	
		杜子春	16		杜子春	
		張老			張老	
		裴諶	17		裴諶	
		文廣通	18		文廣通	
巻之三	神仙三	馬周	19		馬周	
		李林甫			李林甫	

巻之三	神仙三	楊通幽	20	神仙	楊通幽	
		羅公遠	22		羅公遠	
		藍采和			藍采和	
		採藥民	25		採藥民	
		元柳二公			元柳公	
		十仙子（※本文一部缺）	29		十仙子	
		姚泓（※目録あり本文なし）			姚泓	
巻之四	神仙四	張果	30		張果	
		李遐周	31		李遐周	
		韋弇	33		韋弇	
		崔煒	34		崔煒	
		拓跋大郎	36		拓跋大郎	
		李清			李清	
		韋仙翁	37		韋仙翁	
		陶尹二君	40		陶尹二君	
巻之五	神仙五	丁約	45		丁約	
		白幽求	46		白幽求	
		唐憲宗皇帝	47		唐憲宗皇帝	
		嵩岳嫁女	50		嵩岳嫁女	

巻之五	神仙五	裴航	50	神仙	裴航	
		張卓	52		張卓	
		楊眞伯	53		楊眞伯	
巻之六	女仙一	白水素女	62	女仙	白水素女	
		玉女	63		玉女	
		崔書生	64		崔書生	
		楊正見			楊正見	
		太陰夫人			太陰夫人	
		姚氏三子	65		姚氏子	
		趙旭			趙旭	
		郭翰	68		郭翰	
		封陟			封陟	
巻之七	女仙二	玉蘂院女仙	69	女仙	玉蘂院	
		張雲容			張雲容	
	道術	陳季卿	74	道術	陳季卿	
		潘老人	75		潘老人	
	方士	安祿山術士	76	方士	安祿山術士	
		白皎	78		白皎	
		茅安道			茅安道	

巻之七	異人一	李子牟	82	異人	李子牟	
		呂翁			呂翁	
		管子文			管子文	
巻之八	異人二	張佐	83		張佐	
		逆旅客	85		逆旅客	
	異僧	駱賓王	91	異僧	駱賓王	
		玄覺	94		玄覽	※『詳節』の「覺」は「覽」の誤。本文は「玄覽」になる。
		法將			法將	
		鴟鳩和尙	96		鴟鳩和尙	
	釋證	靈隱寺	99	釋證	靈隱寺	
	報應一	李元平	112	報應	李元平	
		韋丹	118		韋丹	
		崔尉子	121		崔尉子	
		陳義郎	122		陳義郎	
		華陽李尉			華陽李尉	
		段秀實			段秀實	
巻之九	報應二	韋判官	123		韋判官	
		李生	125		李生	

巻之九	報應二	盧叔敏	127	報應	盧叔敏	
		鄭生			鄭生	
		尼妙寂	128		尼妙寂	
		滎陽氏			滎陽氏	
		杜嶷妾	129		杜嶷妾	
	徵應一	竇凝妻	130		竇凝妾	※『詳節』の「妻」は「妾」の誤。本文は「竇凝妾」になる。
		嚴武盜妾			嚴武盜妾	
		綠翹			綠翹	
		張縱	132		張縱	
巻之十	徵應二	唐玄宗	136	徵應	唐玄宗	
		叱金像			叱金像	
		蜀當歸			蜀當歸	
		萬里橋			萬里橋	
		唐肅宗			唐肅宗	
		裴度	138		裴度	
		汪鳳	140		汪鳳	
		蕃中六畜	該當なし			
		耶孤兒	該當なし			

巻之十	徵應二	胡王	該當なし			
		徐慶	143	徵應	徐慶	
		母旻			母旻	
		楊愼矜			楊愼矜	
		元載			元載	
		呂群	144		呂群	
		崔雍			崔雍	
		安守範	145		安守範	
	定數一	尉遲敬德	146	定數	尉遲敬德	
		魏徵			魏徵	
		裴有敞	147		裴有敞	
		張嘉貞			張嘉貞	
		鄭虔	148		鄭虔	
		崔圓			崔圓	
		術士	149		術士	
		王陟	該當なし			
巻之十一	定數二	鄭德璘	152	定數	鄭德璘	
		李公	153		李公	
		袁滋			袁滋	

巻之十一	定數二	崔潔	156	定數	崔潔	
		李甲	158		李甲	
		定婚店	159		定婚店	
		武殷			武殷	
		盧生			盧生	
		秀師言記	160		秀師言記	
		李行脩			李行脩	
		灌國嬰女			灌園嬰女	※『詳節』の「國」は「園」の誤。本文は「灌園嬰女」になる。
		侯繼圖			侯繼圖	
巻之十二	感應	漢武帝	161	感應	漢武帝	
		劉向			劉向	
		河間男子			河間男子	
		南徐女人			南徐女士	※『詳節』の「人」は「士」の誤。
		胡生	162		胡生	
	讖應	李蒙	163	讖應	李蒙	
	名賢	徐孺子	164	名賢	徐孺子	
	諷諫	晏子		諷諫	晏子	
		優旃			優旃	

卷之十二	諷諫	東方朔	164	諷諫	東方朔	
	廉儉	崔光	165	廉儉	崔光	
	吝嗇	漢世老人		吝嗇	漢世老人	
		沈峻			沈峻	
		李崇			李崇	
		夏侯處信			夏侯處信	
		鄭仁凱			鄭仁凱	
		王叟			王叟	
	氣義	楊素	166	氣義	楊素	
		鄭還古	168		鄭還古	
		江陵士子			江陵士子	
	知人	匈奴使	169	知人	匈奴使	
		張鷟			張鷟	
		姚元崇	170		姚元崇	
		顧況			顧況	
		李德裕			李德裕	
	精察	李傑	171	精察	李傑	
		裴子雲			裴子雲	
		蘇無名			蘇無名	

巻之十二	精察	裴休	172	精察	裴休	
		崔碣			崔碣	
		劉崇龜			劉崇龜	
巻之十三	俊辯	東方朔	173	俊辯	東方朔	
		曹植			曹植	
		蔡洪			蔡洪	
		崔光			崔光	
		張後裔	174		張後裔	
		柳公權			柳公權	
		鍾毓		幼敏	鍾毓	
	幼敏	林傑	175		林傑	
		李德裕			李德裕	
		李琪			李琪	
		韋莊			韋莊	
	器量	于頔	177	器量	于頔	
		李紳			李紳	
		葛周			葛周	
	貢擧	湛賁	180	貢擧	湛賁	
		李翺女	181		李翺女	

巻之十三	貢擧	盧尙卿	183	貢擧	盧尙卿	
	職官	蘇瓌	187	職官	蘇瓌	
		韓皐			韓皐	
	權倖	王準	188	權倖	王準	
		李林甫			李林甫	
	將帥	郭齊宗	189	將帥	郭齊宗	
		南蠻	190		南蠻	
	雜譎智	村婦		雜譎智	村婦	
	驍勇	甾丘訢	191	驍勇	甾丘訢	
		秦叔寶			秦叔寶	
		鍾傅	192		鍾傅	
巻之十四	豪俠	虬髯客（※本文一部缺）	193	豪俠	虬髯客	
		車中女子			車中女子	
		崑崙奴	194		崑崙奴	
		僧俠			僧俠	
		崔愼思			崔愼思	
		聶隱娘			聶隱娘	
		紅線	195		紅線	
		義俠			義俠	

巻之十四	豪俠	田膨郎	196	豪俠		田膨郎	
		賈人妻				賈人妻	
巻之十五	博物	張華	197	博物		張華	
	文章	張說	198	文章		張說	
		顧況				顧況	
		戎昱				戎昱	
		王建				王建	
		白居易				白居易	
		元和沙門				元和沙門	
		王播	199			王播	
		劉瑑				劉瑑	
		鄭畋				鄭畋	
		高蟾				高蟾	
	武臣有文	賀若弼	200		武臣有文	賀若弼	
		李密				李密	
		高駢				高駢	
	好尙	獨狐及	201	好尙		獨狐及	※『詳節』の「狐」は「孤」の誤。本文は「獨孤及」になる。
		杜兼				杜兼	

巻之十五	好尙	番彥	201	好尙		潘彥	※『詳節』の「番」は「潘」の誤。
	高逸	顧況	202	高逸		顧況	
	樂	衞道弼曹紹夔	203	樂		衞道弼曹紹夔	
		蔡邕			琴	蔡邕	
		李謨	204		笛	李謨	
		呂鄉均				呂鄉筠	※『詳節』の「均」は「筠」の誤。
		玄宗	205		羯鼓	玄宗	
		羅黑黑			琵琶	羅黑黑	
巻之十六	書	王僧虔	207	書		王僧虔	
		唐大宗	208			唐太宗	
		購蘭亭序				購蘭亭序	
	畫	素蒨	211	畫		袁蒨	※『詳節』の「素」は「袁」の誤。本文は「袁蒨」になる
		張僧繇				張僧繇	
		韓幹				韓幹	
	算術	眞玄兔	215	算術		眞玄兔	
	卜筮	張璟藏	216	卜筮		張璟藏	
		王棲霞	217			王栖巖	※『詳節』の「霞」は「巖」の誤。
		鄒生				鄒生	

巻之十六	醫	華他	218	醫	華他	
		腹瘕病			腹瘕病	
		周廣	219		周廣	
		漁人妻	220		漁人妻	
	異疾	絳州僧		異疾	絳州僧	
		刁俊朝			刁俊朝	
		王布			王布	
	相	駱山人	223	相	駱山人	
		李淳風	224		李淳風	
	伎巧	重明枕	227	伎巧	重明枕	
		韓志和			韓志和	
巻之十七	絕藝	李欽瑤		絕藝	李欽瑤	
		陟屺寺僧			陟屺寺僧	
	博戲	王積薪	228	博戲	王積薪	
		日本王子			日本王子	
	器玩	漢太上皇	229	器玩	漢太上皇	
		王度	230		王度	
		陳仲躬	231		陳仲躬	
		破山劍	232		破山劍	

巻之十七	器玩	甘露僧	232	器玩		甘露僧	
巻之十八	酒	千日酒	233	酒		千日酒	
		崑崙觴				崑崙觴	
		青田酒				青田酒	
		李景讓				李景讓	
		孫會宗				孫會宗	
		裴弘泰			酒量	裴弘泰	
		劉伶			嗜酒	劉伶	
	交友	孫伯翳	235	交友		孫伯翳	
		王方翼				王方翼	
		李舟				李舟	
	奢侈	吳王夫差	236	奢侈		吳王夫差	
		霄遊宮				霄遊宮	
		沙棠舟				沙棠舟	
		王敦				王敦	
		元琛				元琛	
		隋煬帝				隋煬帝	
		許敬宗				許敬宗	
		韋陟	237			韋陟	

巻之十八	奢侈	李使君	237	奢侈	李使君	
	詭詐	郭純	238	詭詐	郭純	
		王燧			王燧	
		唐同泰			唐同泰	
		寧王			寧王	
		劉玄佐			劉玄佐	
		太安寺			大安寺	※『詳節』の「太」は「大」の誤。本文は「大安寺」になる。
		李延召			李延召	
		成都丐者			成都丐者	
		薛氏子			薛氏子	
		秦中子			秦中子	
巻之十九	諂佞	成敬奇	239	諂佞	成敬奇	
		杜宣猷			杜宣猷	
		閻知微	240		閻知微	
		薛稷			薛稷	
		趙履溫			趙履溫	
		張岌			張岌	
		宗楚客			宗楚客	

巻之十九	諂佞	張說	240	諂佞	張說	
		程伯獻			程伯獻	
		李林甫			李林甫	
		王承休	241		王承休	
	謬誤	益州長吏	242	謬誤	益州長吏	
		蕭隸士			蕭穎士	※『詳節』の「隸」は「穎」の誤。本文は「蕭穎士」になる。
		郗昂			郗昂	
		竇少卿			竇少卿	
	遺忘	閻玄一		遺忘	閻玄一	
	治生	裴明禮	243	治生	裴明禮	
		竇乂			竇乂	
巻之二十	貪	李邕		貪	李邕	
		崔咸			崔咸	
		安重霸			安重霸	
	褊急	王思	244	褊急	王思	
		李凝道			李凝道	
		皇甫湜			皇甫湜	
		李德裕			李德裕	

巻之二十	褊急	李潘	244	褊急	李潘	
	詼諧	晏嬰	245	詼諧	晏嬰	
		袁次陽			袁次陽	
		伊籍			伊籍	
		諸葛恪			諸葛恪	
		費禕			費禕	
		鄧艾			鄧艾	
		安陵人			安陵人	
		楊脩			楊脩	
		蔡洪			蔡洪	
		劉繪	246		劉繪	
		魏市人	247		魏市人	
		山東人	248		山東人	
		趙小兒			趙小兒	
		任瓌			任瓌	
		李榮			李榮	
		辛郁	249		辛郁	
		杜延業	250		杜延業	
		裴休	251		裴休	

巻之二十	詼諧	鄰夫	251	詼諧	鄰夫	
		裴慶余			裴慶余	
		千字文語乞社	252		千字文語乞社	
		俳優人			俳優人	
	嘲誚	侯白	253	嘲誚	侯白	
		歐陽詢	254		歐陽詢	
		侯朱虚	255		侯味虚	※『詳節』の「朱」は「味」の誤。本文は「侯味虚」になる。
		黄幡綽			黄幡綽	
		朱澤	257		朱澤	
		馮涓			馮涓	
		傴人			傴人	
巻之二十一	嗤鄙	來子珣	258	嗤鄙	來子珣	
		崔湜			崔湜	
		李寰	256	嘲誚	李寰	
		韋蟾			韋蟾	
		李台瑕	257		李台瑕	
		陳癩子			陳癩子	
		李文禮	260	嗤鄙	李文禮	

巻之二十一	嗤鄙	蘇味道	259	嗤鄙	蘇味道	
		霍獻可			霍獻可	
		崔泰之			崔泰之	
		孫彥高			孫彥高	
		李謹度			李謹度	
		陽滔			陽滔	
		公羊傳	260		公羊傳	
		殷安			殷安	
		姓房人			姓房人	
		獨孤守忠			獨孤守忠	
		康謽			康謽	
		徵君			徵君	
		李佐			李佐	
		黎幹			黎幹	
		崔淑清			崔叔清	※『詳節』の「淑」は「叔」の誤。本文は「崔叔清」になる。
		李秀才	261		李秀才	
		南海祭文宣王			南海祭文宣王	
		鄭綮			鄭綮	

巻之二十一	嗤鄙	梅權衡	261	嗤鄙	梅權衡	
		崔育	262		崔育	
		宇文翃			宇文翃	
		韓僩			韓簡	※『詳節』の「僩」は「簡」の誤。本文は「韓簡」になる。
		胡令			胡令	
		張鬚僧			長鬚僧	※『詳節』の「張」は「長」の誤。本文は「長鬚僧」になる。
		不識鏡			不識鏡	
		齒鼻			齒鼻	
		助喪禮			助喪禮	
		行生			行弔	※『詳節』の「生」は「弔」の誤。本文は「吊生」になる。
		癡壻			癡壻	
		魯人執竿			魯人執竿	
		昭應書生			昭應書生	
	無賴	宋之愻	263	無賴	宋之愻	
		德張			張德	※『詳節』の「德張」は「張德」の誤。本文は「張德」になる。

巻之二十一	無頼	士子呑舎利	263	無頼	士子呑舎利	
		韓伸	264		韓伸	
巻之二十二	輕薄	盈川令	265	輕薄	盈川令	
		杜甫（※目録なし本文あり）			杜甫	
		李羣玉			李羣玉	
		崔照符			崔照符	
		溫定			溫定	
		侯泳	該當なし			
		薛昭緯	266	輕薄	薛昭緯	
	酷暴	麻秋	267	酷暴	麻秋	
		南陽王			南陽王	
		武承嗣			武承嗣	
		張易之兄弟			張易之兄弟	
		成王千里	268		成王千里	
		謝祜			謝祐	※『詳節』の「祜」は「祐」の誤。本文は「謝祐」になる。
		誣劉如璿惡黨	269		誣劉如璿惡黨	
		蕭顥士			蕭顥士	

巻之二十二	酷暴	陳延美	269	酷暴	陳延美	※談愷刻本の最後印本はこの條なし。後印本あり。
		趙思綰			趙思綰	
		安道進			安道進	
	烈女	李誕女	270	婦人	李誕女	※談愷刻本の最後印本はこの條なし。後印本あり。
		竇烈女			竇烈女	
		高彥女			高彥昭女	※『詳節』は「昭」字を缺く。本文は「高彥昭女」になる。
		鄒僕妻			鄒僕妻	
		歌者婦			歌者婦	
	賢婦	盧氏	271		盧氏	
		鄧廉妻			鄧廉妻	
		肅宗朝公主			肅宗朝公主	
	才婦	謝道韞			謝道韞	
		杜羔妻			杜羔妻	
		張睽妻			張睽妻	
		牛肅女			牛肅女	
		愼氏			愼氏	

巻之二十二	才婦	薛媛	271	婦人	薛媛	
		孫氏			孫氏	
巻之二十三	美婦	夷光	272		夷光	
	妬婦	王道妻			王道妻	
		杜蘭香			杜蘭香	
		任環妻			任環妻	
巻之二十三	妬婦	房孺復妻	272		房孺復妻	
		吳宗文			吳宗文	
		秦騎將			秦騎將	
	妓女	杜牧	273		杜牧	
		劉禹錫			劉禹錫	
		李逢吉			李逢吉	
		武昌妓			武昌妓	
		徐月英			徐月英	
	情感	買粉兒	274	情感	買粉兒	
		崔護			崔護	
		開元製衣女			開元製衣女	
		韋皐			韋皐	
		歐陽詹			歐陽詹	

巻之二十三	情感	薛宜僚	274	情感	薛宜僚	
		戎昱			戎昱	
巻之二十四	童僕	呉行魯	275	童僕奴婢	呉行魯	
		捧劒			捧劒	
		上清			上清	
		李福女奴			李福女奴	
		却要			却要	
	夢	鄭玄	276	夢	鄭玄	
		周宣			周宣	
		孫氏			孫氏	
		周氏婢			周氏婢	
		北齊李廣	277		北齊李廣	
		梁江淹			梁江淹	
		時宗			代宗	※『詳節』の「時」は「代」の誤。本文は「代宗」になる。
		隋文帝			隋文帝	
		唐高祖			唐高祖	
		玄宗			玄宗	
		王播	278		王播	

巻之二十四	夢	何致雍	278	夢		何致雍	
		召皎	279			召皎	
		李愬				李愬	
		蘇検				蘇検	
		韋検				韋検	
	夢鬼神	王方平	280		鬼神	王方平	
		張詵				張詵	
		劉景復				劉景復	
巻之二十五	夢遊	櫻桃青衣	281		夢遊	櫻桃青衣	
		獨孤遐叔				獨孤遐叔	
		沈亞之	282			沈亞之	
		張生				張生	
	巫	白行簡	283	巫		白行簡	
		許至雍				許至雍	
	幻術	陽羨書生	284	幻術		陽羨書生	
		胡僧	285			胡僧	
		東明觀道士				東明觀道士	
		胡媚兒（※目錄なし本文あり）	286			胡媚兒	
		板橋三娘子				板橋娘子	

巻之二十五	幻術	畫工（※目録になし。本文一部缺）	286	幻術	畫工	
		襄陽老叟（※本文不鮮明）	287		襄陽老叟	
巻之二十六	妖妄	駱賓王	288	妖妄	駱賓王	
		目老叟爲小兒	289		目老叟爲小兒	
		諸葛殷	290		諸葛殷	
	神一	太公望	291	神	太公望	
		張璞	292		張璞	
		洛子淵			洛子淵	
		趙文昭	295		趙文昭	
		劉子卿			劉子卿	
		黃苗	296		黃苗	
		蕭總			蕭總	
		丹丘子	297		丹丘子	
		趙州參軍妻	298		趙州參軍妻	
		陽雍	292		陽雍	
巻之二十七	神二	韋安道	299		韋安道	
		王昌齡	300		王昌齡	
		汝陰人	301		汝陰人	

巻之二十七	神二	崔敏慤	301	神	崔敏慤	
		張安			張安	
		王常	303		王常	
		蕭復弟	305		蕭復弟	
		佩盧	306		盧佩	※『詳節』の「佩盧」は「盧佩」の誤。
巻之二十八	神三	蔣琛	309		蔣琛	
		張無頗	310		張無頗	
		三史王生			三史王生	
		張生			張生	
		劉山甫	312		劉山甫	
	淫祠	洛西古墓	315	淫祠	洛西古墓	
		狄仁傑檄			狄仁傑檄	
		畫琵琶			畫琵琶	
巻之二十九	鬼一	談生	316	鬼	談生	
		新鬼	321		新鬼	
		王志都	322		王志都	
		劉雋	324		劉雋	
		長孫紹祖	326		長孫紹祖	
		劉導			劉導	

卷之二十九	鬼一	巴峡人	328	鬼	巴峡人	
		華妃	330		華妃	
		幽州衙將			幽州衙將	
		楊溥	331		楊溥	
		崔咸	33		崔咸	
		鄭德楙	334		鄭德楙	
		梁守威	335		梁守威	
		李咸	337		李咸	
		元載			元載	
		卷崔書生	339		卷崔書生	
		青州客	353		青州客	
卷之三十	鬼二	李章武	340		李章武	
		鄭馴	341		鄭馴	
		魏朋			魏朋	
		獨孤穆	342		獨孤穆	
		華州衆軍			華州衆軍	
		祖價	344		祖價	
		鄭紹	345		鄭紹	
		孟氏			孟氏	

巻之三十一	鬼三	曾季衡	347	鬼	曾季衡	
		牛生	348		牛生	
		韋鮑生	349		韋鮑生妓	※『詳節』は「妓」字を缺く。
		許生	350		許生	
		顏濬			顏濬	※談愷刻本はこの條、目錄あり本文なし。
		牟頴	352		牟頴	
		王紹			王紹	
		崇聖寺	354		崇聖寺	
		張仁寶			張仁寶	
		楊蘊中			楊蘊中	
		鄭郊			鄭郊	
		廣陵賈人	355		廣陵賈人	
巻之三十二	夜叉	江南吳生	356	夜叉	江南吳生	
		韋自東			韋自東	
		東洛張生	357		東洛張生	
		薛淙			薛淙	
		蘊都師			蘊都師	
	神魂	王宙	358	神魂	王宙	

巻之三十二	神魂	柳少游	358	神魂		柳少游	
		裴珙				裴珙	
	妖怪	東方朔	359	妖怪		東方朔	
		雙頭雞				雙頭雞	
		零陵太守女				零陵太守女	
		滎陽廖氏				滎陽廖氏	
		素娥	361			素娥	
		僧智圓	364			僧智圓	
		謝翶				謝翶	
		宮山僧	365			宮山僧	
巻之三十三	精怪	麴秀才	368	精怪	雜器用	麴秀才	
		元無有	369			元無有	
		崔瑴	370			崔瑴	
		姜修				姜修	
		王屋薪者				王屋薪者	
		姚康成	371			姚康成	
	凶器	盧涵	372		凶器下	盧涵	
	火	楊稹	373		火	楊稹	
	靈異	鼉靈	374	靈異		鼉靈	

巻之三十三	靈異	八陣圖	374	靈異	八陣圖	
		胡氏子			胡氏子	
		廬山漁者			廬山漁者	
	再生	鄴中婦人	375	再生	鄴中婦人	
		孫廻璞	377		孫廻璞	
		李主簿妻	378		李主簿妻	
		古元之	383		古元之	
		章汎	386		章汎	
		劉長史女			劉長史女	
巻之三十四	塚墓	相思木	389	塚墓	相思木	
		樊澤	390		樊澤	
	銘記	裴度	392	銘記	裴度	
	雷	李鄘	393	雷	李鄘	
		徐智通	394		徐智通	
		江西村嫗	395		江西村嫗	
	雨	子朗	396	雨	子朗	
	石	僧化	398	石	僧化	
	坡沙	鳴沙		坡沙	鳴沙	
	水	陸鴻漸	399	水	陸鴻漸	

巻之三十四	水	零水	399	水		零水	
	寶	何文	400	寶	金	何文	
		侯遹				侯遹	
		韋思玄				韋思玄	
		金蛇				金蛇	
		宜春郡民	401			宜春郡民	
		建安人				建安村人	※『詳節』は「村」字を缺く。
		呂生			水銀	呂生	
		唐玄宗			玉	唐玄宗	
		水珠	402			水珠	
		七寶鞭	403			七寶鞭	
		魏生				魏生	
		岑文本	405		錢	岑文本	
	奇物	集翠裘			奇物	集翠裘	
		謝靈運鬚				謝靈運鬚	
		楊妃襪				楊妃襪	
		江淮市人桃核				江淮市人桃核	
	異木	登第皁莢	407	草木	異木	登第皁莢	
	草	蛇御草	408		草	蛇銜草	※『詳節』の「御」は「銜」の誤。

巻之三十四	草	龍芻	408	草木	草	龍芻	
巻之三十五	木花	染牡丹花（※本文一部缺）	409		木花	染牡丹花	
		三朶瑞蓮（※本文一部缺）				三朶瑞蓮	
	菓	瞻波異果	410		果	瞻波異果	
		武陵桃李				武陵桃李	
		朱奈				朱柰	※『詳節』の「奈」は「柰」の誤。
		天寶甘子				天寶甘子	
		柿	411			柿	
		紫花梨				紫花梨	
		消食茶	412		茶荈	消食茶	
		地下肉芝	413		芝	地下肉芝	
	香薬	荆三稜	414		香薬	荆三稜	
	服餌	服松脂（※本文一部缺）			服餌	服松脂	
		飲菊潭水（※目録あり篇なし）				飲菊潭水	
		食黄精（※本文不鮮明）				食黄精	
	木怪	崔導	415		木怪	崔導	
		賈祕				賈祕	
		薛弘機				薛弘機	

巻之三十五	木怪	僧智通	415	草木	木怪	僧智通	
		江叟	416			江叟	
	花卉怪	崔玄微			花卉怪	崔玄微	
		蘇昌遠	417			蘇昌遠	
	薬怪	趙生			薬怪	趙生	
巻之三十六	龍	甘宗	418	龍		甘宗	
		李靖				李靖	
		柳毅（※本文一部不鮮明）	419			柳毅	
		韋氏	421			韋氏	
		任頊				任頊	
		許漢陽（※本文一部缺）	422			許漢陽	
		斑石（※目録あり本文なし）	424			斑石	
		張公洞（※目録あり本文なし）				張公洞	
	蛟	老蛟	425	蛟		老蛟	
巻之三十七	虎	牧牛兒	426	虎		牧牛兒	
		傳黄中				傳黄中	
		峡口道士				峡口道士	
		李徵	427			李徵	
		申屠澄	429			申屠澄	

巻之三十七	虎	丁嵓	429	虎		丁嵓	
		張逢				張逢	
		馬拯	430			馬拯	
		王居貞				王居貞	
		鄭思遠				鄭思遠	
		中朝子	431			中朝子	
		陳褒	432			陳褒	
		僧虎	433			僧虎	
巻之三十八	牛	金牛	434	畜獸	牛	金牛	
		銀牛				銀牛	
		甯茵			牛異	甯茵	
	馬	周穆王八駿	435		馬	周穆王八駿	
		唐玄宗龍馬				唐玄宗龍馬	
		于遠	436			于遠	
		張全				張全	
	犬	楊生	437		犬	楊生	
		張然				張然	
		陸機				陸機	
		李叔堅	438			李叔堅	

卷之三十八	犬	庾氏	438	畜獸	犬	庾氏	
		李義				李義	
		韓生				韓生	
		杜修己				杜修己	
		袁繼謙				袁繼謙	
	豕	安陽書生	439		豕	安陽書生	
		李汾				李汾	
	鼠	李甲	440		鼠	李甲	
		郗士美				郗士美	
		朱仁				朱仁	
	鼠狼	張文蔚			鼠狼	張文蔚	
卷之三十九	師子	後魏莊帝	441		獅子	後魏莊帝	
	象	閬州莫傜			象	閬州莫傜	
		蔣武				蔣武	
	雜獸	蕭至忠			雜獸	蕭至忠	
	狼	狼冢	442		狼	狼冢	
		王含				王含	
	熊	昇平入山人			熊	昇平入山人	
	狸	張華			狸	張華	

巻之三十九	狸	呉興田父	442	畜獸	狸	呉興田父	
	麞	呉唐	443		麞	呉唐	
		嵩山老僧			鹿	嵩山老僧	
		楊邁			兎	楊邁	
	猿一	歐陽紇	444		猿	歐陽紇	
		陳巖				陳巖	
		魏元忠				魏元忠	
		張鋋（※目録なし本文あり）	445			張鋋	
巻之四十	猿二	楊叟				楊叟	
		孫恪				孫恪	
	猩猩	能言	446		猩猩	能言	
		焦封				焦封	
	狐一	長孫無忌	447	狐		長孫無忌	
		大安和尚				大安和尚	
		葉法善	448			葉法善	
		李參軍				李參軍	
		徐安	450			徐安	
巻之四十一	狐二	任氏	452			任氏	
		王生	453			王生	

巻之四十一	狐二	裴少尹	453	狐		裴少尹	
		許眞	454			計眞	※『詳節』の「許」は「計」の誤。
		張立本				張立本	
		姚坤				姚坤	
		張直方	455			張直方	
巻之四十二	蛇	種麥來蛇	456	蛇		種麥來蛇	
		顔回				顔回	
		蜀五丁				蜀五丁	
		章苟				章苟	
		天門山				天門山	
		余干縣令				蛇余干縣令	
		王貞妻				王眞妻	※『詳節』の「貞」は「眞」の誤。
		李林甫	457			李林甫	
		宣州江				宣州江	
		無畏				無畏師	※『詳節』は「師」字を缺く。
		海州獵人				海州獵人	
		選仙場	458			選仙場	
		姚景	459			姚景	
	鶴	戸部令史妻	460	禽鳥	鶴	戸部令史妻	

巻之四十二	鸚鵡	劉潛女	460	禽鳥	鸚鵡	劉潛女	
	鷹	楚文王			鷹	楚文王	
		鄴郡人				鄴郡人	
	鶻	寶觀寺			鶻	寶觀寺	
	孔雀	羅州	461		孔雀	羅州	
	燕	范質			燕	范質	
	鷓鴣	飛數			鷓鴣	飛數	
	鵲	知太歲			鵲	知太歲	
		條支國				條支國	
		黎景逸				黎景逸	
		崔圓妻				崔圓妻	
	鷄	衞女			鷄	衞女	
		天后				天后	
		衞鎬				衞鎬	
	雁	南人捕雁	462		雁	南人捕雁	
	雀	雀目夕昬			雀	雀目夕昬	
		楊宣				楊宣	
	烏	烏君山			烏	烏君山	
	雜禽	新喻男子	463			新喻男子	

巻之四十二	雜禽	漱金鳥	463	禽鳥		漱金鳥	
		杜鵑				杜鵑	
		蚊母鳥				蚊母鳥	
		鷽				鷽	
巻之四十三	水族	南海大魚	464	水族	魚	南海大魚	
		鯉魚				鯉魚	
		南海大蟹				南海大蟹	
		嬾婦魚	465			懶婦魚	※『詳節』の「嬾」は「懶」の誤。
		行海人	466			行海人	
		裴伷				裴伷	
		韓愈				韓愈	
		鄖鄉民				鄖鄉民	
		李陽	467			李湯	※『詳節』の「陽」は「湯」の誤。
		王瑤				王瑤	
		永康人	468			永康人	
		王素				王素	
		柳鎮	469			柳鎮	
		李鷸	470			李鷸	
		薛二娘				薛二娘	

巻之四十三	水族	高昱	470	水族	魚	高昱	
		薛偉	471		人化水族	薛偉	
	昆蟲一	唐明皇帝	472		龜	唐明皇帝	
		朱誕給使	473	昆蟲		朱誕給使	
		蝘蜓				蝘蜓	
		千歳蝙蝠				千歳蝙蝠	
		蟾蜍				蟾蜍	
		青蜓				青蜓	
		盧汾	474			盧汾	
		傳病				傳病	
		木師古				木師古	
巻之四十四	昆蟲二	淳于棼	475			淳于棼	
		蘇湛	476			蘇湛	
		陸顒				陸顒	
		張景	477			張景	
		(?)※不鮮明	(?)	(?)		(?)	
		虱徵	477	昆蟲		虱徵	
		蠮螉	478			蠮螉	
		顛當				顛當	

巻之四十四	昆蟲二	蜾蠃	478	昆蟲	蜾蠃	
		徐玄之			徐玄之	
		蜘蛛怨			蜘蛛怨	
		予章民婢			予章民婢	
		壁蝨	479		壁蝨	
		蠶女			蠶女	
		蜂余			蜂余	
巻之四十五	蠻夷	軲沐國	480	蠻夷	軲沐國	
		盧扶國			盧扶國	
		骨利國			骨利	
		吐蕃			吐蕃	
		鶴民			鶴民	
		契丹			契丹	
		新羅	481		新羅	
		東女國			東女國	
		蹄羌	482		蹄羌	
		頓遜			頓遜	
		眞獵國			眞獵國	
		繳濮國			繳濮國	

巻之四十五	蠻夷	繡面獠子	482	蠻夷	繡面獠子	
		狗國	483		狗國	
		縛婦民			縛婦民	
		南海人			南海人	
		拘彌國			拘彌國	
		獠婦			獠婦	
		番禺			番禺	
		芋羹			芋羹	
		密唧			密唧	
	雜傳一	李娃	484	雜傳記	李娃傳	
巻之四十六	雜傳二	柳氏傳	485		柳氏傳	
		無雙傳	486		無雙傳	
		霍小玉傳	487		霍小玉傳	
巻之四十七	雜傳三	鸎鸎傳	488		鸎鸎傳	
		周秦行記	489		周秦行記	
		東陽夜怪錄	490		東陽夜怪錄	
巻之四十八	雜傳四	謝小娥傳	491		謝小娥傳	
		楊娼傳			楊娼傳	
		非烟傳			非烟傳	

巻之四十八	雑傳四	靈應傳	492	雑傳記	靈應傳	
巻之四十九	雑録一	夏侯亶	493	雑録	夏侯亶	
		裴玄智			裴玄智	
		唐臨			唐臨	
		蘇瓌李嶠子			蘇瓌李嶠子	
		婁師德			婁師德	
		李晦			李晦	
		宋之問			宋之問	
		李詳			李詳	
		崔湜	494		崔湜	
		許誠言			許誠言	
		杜豐			杜豐	
		王琚			王琚	
		白腹忠			白履忠	※『詳節』の「腹」は「履」の誤。
		夜明簾			夜明簾	
		薛令之			薛令之	
		哥舒翰	495		哥舒翰	
		崔隱甫			崔隱甫	
		蕭嵩			蕭嵩	

巻之四十九	雜錄一	高力士	495	雜錄	高力士	
		史思明			史思明	
		潤州樓			潤州樓	
		丘爲			丘爲	
		李抱眞			李抱眞	
		楊志堅			楊志堅	
		趙存	496		趙存	
巻之五十	雜錄二	于公異			于公異	
		張造			張造	
		元稹			元稹	
		江西驛官	497		江西驛官	
		蓮花漏			蓮花漏	
		李光顏			李光顏	
		滕邁			滕邁	
		馮宿	498		馮宿	
		周復			周復	
		劉禹錫			劉禹錫	
		催陣使			催陣使	
		李群玉			李群玉	

卷之五十	雜錄二	苗躭	498	雜錄	苗躭	
		衲衣道人	499		衲衣道人	
		路群盧弘正			路群盧弘正	
		王氏子			王氏子	
		京都儒士	500		京都儒士	
		振武角抵人			振武角抵人	
		姜太師			姜太師	
		沈尙書妻			沈尙書妻	
		楊蘧			楊蘧	

終　章

北宋初期に編纂された『廣記』は、中國の小説を研究するうえで、重要な資料とされている。しかし、その內容に關わる研究は多くなされてきたものの、書物自體の性格については必ずしも明らかになっていなかった。出版の經緯についても十分に議論されずに研究がなされてきた。本書においては、これらの從來論じてこられなかった問題を解決するために、その受容との關わりから檢證してきた。

まず導入として、第一章で『廣記』がどのような書物なのか、その性格や構成について概觀し、『廣記』は類書としての機能をもつ書物だと定義した。しかし、『廣記』は、いわゆる類書とされる書物とは全く性格を異にする。一體なぜこのような書物が、どのような目的で編纂されたのか。『廣記』成立後、どのような經緯をたどり出版されるのか。これらの問題に答えたのが第二章である。

第二章では、『廣記』成立後の出版の經緯について檢證し、『廣記』編纂の目的を明らかにした。『廣記』は、その版木が彫られたのち、「學者が急ぎ必要とするものではない」との異論が出されたことにより、板木は回收され、書庫の太清樓に保管されることになった、と言われている。この說は、王應麟によるものだが、從來の研究では、この說をもとに、『廣記』の板木が回收・保管されたのは、太宗の時のことと見なされてきた。本書では、從來の研究において前提となってきた記錄より、さらに早い時期の記錄を提示し、通說の前提を否定したうえで、『廣記』に取材している文人の記錄に五十年あまりの空白期間が生じていることに着目した。この空白期間こそが太清樓に板木が保管されたとされる時期に該當するのではないかと假說を立て、この時期に出された仁宗皇帝の天聖の詔が誘因となって、『廣記』は「學者の益にはならない」と見なされたために、王應麟がいうところの異論が提出されるに至り、空白期間が生じたのだと結論した。その異論が提出された時期は、天聖六年頃から、遲くとも天聖年間のうちであっただろうと考えられる。そして、『廣記』が世に廣まりはじめる時期は、蘇軾とその周邊および王闢之の文に、『廣記』に取材した記事が見られることから、元豐年間から元祐年間と推定される。さらに、この時期には、『廣記』を讀み物として受容している例が見受けられることから、受容形態に變化が認められることも併せて示した。以上のように、これまで謎とされてきた『廣記』成立後の出版の經緯における問題點の全容を解明することができた。

『廣記』編纂の目的については、空白期間の前と後では文人の記録に變化が見られることに着目し、當時の文壇における風潮の變化とリンクさせて、類書としての『廣記』の受容のあり方を考察した。詔が發せられた當時、文壇の中心であった「西崑體」は、李商隱の詩風をモデルにしており、いわゆる僻典を多用する點に特徵がある。それ故に、稗史や小說類の記事が收錄の對象となっている『廣記』が僻典を引くのに活用されていたであろうと考えられる。序章でも示したように、『廣記』に採錄されている條文は、原題の有無にかかわらず、機械的に話の最初に登場する人物名を題にし、物語の時代背景順に配列されている。こうした體裁が採られているのは、詩文作成のために、檢索するのに便利であることを目的に編纂されたからであろう。

以上の成果を踏まえて、さらに『廣記』の受容狀況を南宋期において檢證したのが三章と四章である。南宋期に入ると、『廣記』に取材した書物は增加の一途をたどり、北宋期に比べ飛躍的に增大する。一體なぜ南宋期になってにわかに『廣記』の受容が擴大するのか。まず大きな要因として一つ考えられるのは、南宋期において、『廣記』

が讀み物として受容されたことである。三章では、受容擴大の要因を環境的側面から考察した。洪邁・洪适・周必大・陸游・施宿らを取りあげ、人的つながりの中で『廣記』が讀み物として受容されている實態を示した。さらに、南宋期では、洪邁の著『夷堅志』が士大夫の間で相當に流行しており、怪異や異事などの內容を記した書物を求める風潮が士大夫社會にあったといえる。こうした文壇の土壤環境が、『廣記』が讀み物として廣く受容された一つの要因であったと指摘した。四章では、より直接的な要因を探るため、南宋期において、地方志が『廣記』に取材していることに着目し、各地方志が扱っている地域ごとの特性を検討した。その結果、『廣記』受容の擴大が兩浙地域において顯著に認められた。その背景に、地域財政を司る兩浙轉運司の關與が考えられる。兩浙轉運司の關與を推察する手がかりが、陳騤の著『南宋館閣錄』に見える。それに據ると、紹興二十九年に大規模な曝書會が催された折に、兩浙轉運司は、碑石の建立費用を計算して、碑石を設置した、と記されている。そして、この曝書會では、その參加者らに書籍『太平廣記』と『春秋左氏傳』の各一部が分賜されたとの記述も見られるのである。これらの検證結果にもとづいて、南宋期における『廣記』受容の擴大要因は、紹興二十九年に催された曝書會で分賜された『廣記』（あるいはその系統に屬するもの）が、兩浙轉運司によって兩浙地域にもたらされたことにあると導き出した。

このように、『廣記』成立後の出版の經緯、編纂の目的、および宋代における『廣記』の受容狀況を明らかにしてきた。しかし、これらの検證は、すべて中國に殘された文獻資料から検證して得られた結果である。中國以外に現存している資料からもこれを検討し、同様の結果が得られたならば、これまでに示してきた検證結果をより强固に裏付けることになるだろう。五章では、朝鮮王朝期に刋行された『詳節』を用いて、これまで本書で示してきた見解の妥當性を検證した。『詳節』は、成任が『廣記』五百巻の中から八三九話を選びとり、五十巻に編集し直して、朝鮮世祖八年に刊行されたものである。まずは『詳節』の底本が『廣記』北宋本なのか南宋本なのかを特定するために、『詳節』における避諱狀況を調査した。その結果、『詳節』の底本は、『廣記』南宋本であり、高宗期に印刷されたものであると結論した。これらの事實は、以下のことを裏付けるものである。

王闢之の『澠水燕談錄』の一文は、元豐三年より前の時點で、かつ、天聖五年（一〇二七）以前に『廣記』は高麗に傳わっていたことを示唆する。『廣記』が版刻され頒布されてから天聖五年までのあいだ、『廣記』が世に行われており、閲覽も可能であったとはいえ、中國における『廣記』の流通は非常に少ない。このことは、その限られた狀況の中で『廣記』は高麗まで渡っていたということを意味する。この事實は、これまでに本書で示した見解、『廣記』は版刻された當時から閲覽可能であったとする說に符合する。『詳節』の底本が『廣記』南宋本である以上、元豐三年までに傳わった『廣記』は、『詳節』の底本ではない。すなわち、元豐三年より前の時點で、かつ、天聖五年までに『廣記』は高麗に流入し、南宋期になって再び、高宗の時に印刷された『廣記』がもたらされたことになる。そして、このことは、紹興十四年から紹興二十九年閏六月までの間に『廣記』は印刷されていた可能性がある、とする本書の見解を補强する。『詳節』について考察して得られた結果は、これまでに本書が提示してきた見解に、さらなる支持を與えるものである。

以上のように、今日に殘された文獻の中から、『廣記』に關する資料を見つけ出し、その關連性を讀み解くことで、『廣記』成立後の出版經緯の謎を解明し、さらに、從來ほとんど實態のわからなかった宋代における『廣記』の流傳過程を跡づけることができる。本書では、『廣記』受容と流傳の問題のみならず、宋代の士人社會における文學觀や地域文化、また東アジアにおける漢籍受容や出版文化を知る上でも一定の意味を有するものとなりえたのではないだろうか。

最後に、本書で論じられなかった問題に觸れて、結びに代えたい。これまでに見てきた『廣記』の受容と流傳の狀況は、中國文學史における「小說」の變遷史に似ているように思われる。類書から讀み物として、その受容は變容していく。『廣記』は讀者を獲得し、その後どういう方向に向かうのだろうか。「小說」がたどった道と同じであれば、藝能と結びついていくであろうと推測される。羅燁『醉翁談錄』の「小說開闢」に、「幼習太平廣記（幼きころより『太平廣記』を習う）」と見え、說話人の語り物の種本であるこの書物には、『廣記』に題材を求めた話もいくつか見受けられる。だが、ここで羅燁が言っている「太平廣記」が、本書で取り扱った『廣記』であるかどうかは定かではない。というのも、南宋末期以降、『廣記』の書名を「小說」と稱している例が認められるのである（日本宋代文學學會第三回大會（二〇一六年五月二十八日、於九州大學伊都キャンパス）における口頭發表原稿「元代以降における『太平廣記』の受容狀況について——『太平廣記』の一般名詞化の可能性——」に基づく）。この現象は、一體何を示すのだろうか。現段階では推測の域を出ないが、おそらく、『廣記』の書名が一般名稱化しているのではないだろうか、あるいは、一般名詞であるとともに、藝能の名稱でもある「小說」という語が『廣記』を特定的に指しているのではないかと考えている。今後、『廣記』と藝能の關わり、讀み物から藝能の種本へ受容が變わる樣相を檢討したいと思う。

おわりに

「もう一度學びたい」という思いから、社會人・勤労學生を對象とした立命館大學の二部（現在は廢止されている）を受驗し、日本文學を專攻しました。中國文學に興味があったのですが、夜間コースでは設置されておりませんでしたので、日本文學を選擇したのです。學部での授業が面白かったことと、もともと興味があった中國文學を勉强してみたいという氣持ちもあって、博士前期課程から京都府立大學に入學しました。そうして、また一から勉强し直す生活がはじまりました。右も左もわからない狀態に、期待よりも不安ばかりが募っていた時に、現在は京都府立大學名譽敎授でいらっしゃる松村昂先生から「とりあえず顏だけでも出すように」と、勵まし（本當はお叱りだったと思います）の言葉をいただきました。先生は、相當の忍耐をもっておっしゃったのだと思いますが、おかげで私はずいぶんと氣が樂になったことを今でも覺えています。松村先生は、本來であれば學部で習得しているはずの資料の調べ方や漢文訓讀などといった中國文學を研究するうえでの基礎を、それは丁寧に、時に嚴しくご指導くださいました。今でも、京都府立大學國中文學會や日本中國學會でお目にかかるたびに、激勵の言葉をかけてくださり、それがどれほど心强く勵みになったことかわかりません。ここまで、あきらめることなく續けてこられましたのも、先生が今でも氣にかけてくださるからにほかなりません。改めて感謝申し上げます。

博士後期課程に入學してからは、小松謙先生、林香奈先生にご指導いただいています。特に小松先生の「中國文學史」の講義から多くのことを學びました。先生は、中國における書記言語の成立からその後の展開、白話文學はどのようにして文字化され、出版されるに至ったのかについて、當時の社會との關わりを踏まえながら講義をされていました。この講義を受けたことがのちに『太平廣記』の受容狀況を文學史の流れの中に位置づけて檢證するという手法に結びつきました。

林先生は、魏晉南北朝の文學の樣相や詩文をご專門にされており、その立場からご指導くださいました。私が分からないことをうやむやにして書いたところは、每回見逃すことなく指摘され、追究してくださいました。先生に見ていただくたびに、論文の構成が洗練されていくことを感じ、先生のご指導を受けることが樂しみでした。

博士後期課程に在籍中に中國政府獎學金留學生として上海にある復旦大學に二年間留學する機會を得ました。復旦大學では、陳尚君先生のゼミに所屬しておりました。ゼミでは、嚴しいご指導のもと、自分の研究テーマに關連するテキストや先行研究などを讀みすすめ、それについて發表するというスタイルでした。私はちょうど、『太平廣記』の編纂をテーマに調べはじめておりましたので、張國風先生の論考に觸れて、調べたことを報告したところ、陳先生が張國風先生を紹介しましょう、とおっしゃって下さいました。

これがきっかけで、歸國後、京都府立大學で募集していた在外研究に應募し、人民大學の張國風先生が受け入れ先になってくださいました。期間は予算の都合上三日間と短い間でしたが、とても刺激になり、有意義なものでした。張先生のお話は、次から次へと話題が移り盡きることがありませんでした。その中で、朝鮮王朝期に刊行された『太平廣記詳節』の存在や、それについて紹介された論考を溝部良惠氏が書かれたことを知りました。私の研究は、まだ『太平廣記詳節』に手をつける段階に達しておりませんでしたが（今回、本書で『太平廣記詳節』に言及できましたのも、張先生がその存在や『太平廣記』諸本の問題について話してくださったからです）、『太平廣記』の研究には、未だ多くの問題があることを考えさせられました。

その頃からでしょうか、私の中で一つの疑問が頭を離れませんでした。それは、『太平廣記』の出版の經緯に關わる問題でしたが、この頃はまだ漠然として、何から進めればよいのかもわかりませんでした。そんな折、たまたま手にとった中國文學史の本を讀んでいて、文學史の流れの中に置いてみたらどうなるのかと、ふと思ったのです。それからは、書けるところから書き始め、少しまとまると小松先生に見ていただくことを繰り返しました。小松先生は、お忙しいなか時間を割いて、丁寧にそして辛抱強く見て下さいました。小松先生にご指導いただき、お話しさせていただくたびに、それまでバラバラだった問題が一つの流れをなし、問題の箇所がどんどんと腑に落ちていくのが自分でもわかりました。そして、研究する樂しみのようなものを感じました。小松先生をはじめ京都府立大學の日本・中國文學科の諸先生には多くのご助言を賜り、本當に感謝してもし盡くせません。

研究者は（といっても、私はまだ端くれに過ぎませんが）、自らが研究し得られたその成果を社會に還元していかなければなりません。その一つの手段が、これまでに研究したものを一冊の本にまとめることであるならば、いささかなりともその責を果たせたことは、私にとって何ものにも代えがたい喜びです。しかし、「太平廣記研究」と題しながら、『太平廣記』全般にわたっていないことや、多くの課題を殘したことは、やはり内心恥じ入るばかりです。さらに精進を重ね、今後の研究につなげていくつもりでございます。

本書は、京都府立大學研究成果公表（出版圖書）支援事業の援助を受けて刊行されたものです。まだかけ出しの私に、このような機會を與えてくださった京都府立大學學長、築山崇先生および關係各位に心より感謝申し上げます。そして本書の出版を快諾くださいました汲古書院の三井久人社長と、編集部の小林詔子さんに、この場をお借りして厚く御禮申し上げます。特に小林さんには大變お世話になりました。無い袖をふるにはどうしたらよいものかと思い惱むうちに締め切り日が過ぎ、それでも默って暖かく見守ってくださいました。本當にありがうございました。

最後に私事で恐縮ですが、応援してくれた家族に、改めて感謝の言葉を捧げたいと思います。原稿を書いている間、私に代わって家事をこなしてくれたのは父でした。不慣れな家事をがんばってくれている姿に励まされ、私もがんばれたのだと思います。こんな時に母がいてくれたらと願うのですが、三年前に他界しました。今は亡き母の靈前に本書を捧げたいと思います。

二〇一六年十二月

西尾　和子

初出一覧

序　章　書き下ろし

第一章　書き下ろし

第二章　北宋期における『太平廣記』の受容形態
——『玉海』太平廣記條に見る王應麟自注の檢證を中心に——
（『和漢語文研究』第十號、京都府立大學國中文學會、二〇一二年十一月）

第三章　北宋期から南宋期における『太平廣記』の受容形態
（『和漢語文研究』第十一號、京都府立大學國中文學會、二〇一三年十一月）

第四章　南宋期における『太平廣記』受容の擴大要因について
（『日本中國學會報』第六十六號、日本中國學會、二〇一四年十月）

第五章　書き下ろし

終　章　書き下ろし

索　　引

ワ

The Study of the Taiping Guangji

by
Kazuko NISHIO

2017

KYUKO-SHOIN
TOKYO

著者略歴

西尾　和子（にしお　かずこ）

1967年京都市生まれ。
京都府立大學大學院博士後期課程單位取得後退學。
現在　京都府立大學研修員、京都府立大學・近畿大學などの非常勤講師。
文學博士。

太平廣記研究

平成二十九年三月十六日　發行

著　者　西　尾　和　子
發行者　三　井　久　人
整版印刷　中　台　整　版
日本フィニッシュ
富士リプロ㈱

發行所　汲　古　書　院
〒102-0072　東京都千代田區飯田橋二―五―四
電　話〇三（三二六五）九七六四
FAX〇三（三二二二）一八四五

ISBN978－4－7629－6587－6　C3097